读客

读客外国小说文库

熊猫君激发个人成长

随风飘舞的塑料布

[日] 森绘都 著　　竺家荣 译

森絵都

風に舞いあがるビニールシート

上海文艺出版社

·目 录·

寻陶记

“马上就要发车了。”最后一次广播在站台上响起时，弥生飞快地撂下一句“对不起，到了以后再跟你联系”，就把手机塞进了大衣口袋里。弥生虽然心有不舍地跨进了车厢，但车门在背后一关上，倒定下心来，反正已经回不去了。

此时此刻高典肯定一肚子不乐意吧。“岐阜县？美浓烧[1]？什么呀这都是。简直是乱弹琴。而且，偏偏挑这么重要的日子……”电话里，高典语无伦次地说。“乱弹琴”，每当他蹦出这类惯用语时，就表示他心情特别糟糕。

这也难怪。那天早晨，就连弥生听见弘美让她今天去外地跑一趟，寻找美浓陶器的时候，她也由于太过突然而狼狈不堪，甚至感到愤怒。

“三天后，咱们不是要参加布丁摄影展吗？哎哟，我不知怎

1　是日本美浓地区（今岐阜县等地）烧制的陶瓷器的统称。距今已有一千三百多年的历史，1988年被指定为日本的国家传统工艺品。——编者注（本书注释若无特别说明，均为译注）

么的突然灵光一闪，想到要是咱们选用那种美浓烧去参展，会不会出彩呢？你想想看，咱们这次是以女孩节[1]为着眼点参展的，也可以说是和洋合璧吧，所以设计了宛如托着一个水灵灵的蜜桃形状的钵，可是，你也知道，在东京这儿，陶器品种太有限了。所以吧，阿辻，能不能拜托你辛苦一趟，去产地给咱淘点儿像样的陶器来呀？"

"拜托啦。"早上，弥生刚一上班，弘美就不由分说地把一个装着出差费的信封塞给了弥生。而弥生跟高典不一样，她早就知道自己拒绝不了弘美。

其实并非没有一点儿预兆。弥生已经察觉到了近来弘美放出的危险信号。它终将以某种形式降临到弥生的头上，只是时间的问题。不知道这次会被她发配到哪儿去。是让我去北海道买电视上说的那种梦幻般的黄油，还是让我到电影城去，给拿着喇叭拍电影的弘美的好朋友送点心呢？不至于为了用于研发新糕点的优质枫糖蜜，指派我千里迢迢，奔赴遥远的加拿大去物色吧？

在渐渐开始提速的新干线车厢里，晃晃悠悠地迈着步子找座位时，弥生心想，按说自己应该庆幸，这次毕竟是在国内出差呀。追求不依赖设计师技术的陶器，是弘美的优点之一，况且，桃子布丁也是装点人气料理杂志的特辑画面的重中之重。弥生深

1　亦称雏祭、偶人节、桃花节、女儿节，本来为农历的三月三日，明治维新后改为西历三月三日。

知弘美对这次摄影展非常投入，也不是不知道此次弘美对陶器品质的要求，即在一如既往的抽象基础上，还要追求“静谧的色泽”“优雅的奢华”“无机质的性感”等。

弥生不能理解的只是，为什么非要使用美浓烧不可？就算有只认美浓烧的理由，可是为什么偏偏在圣诞节早上突然间灵光一闪呢？

圣诞节的白天，发自东京的新干线车厢闷得叫人透不过气。弥生觉得这不仅是由于空调不够给力，还有人们无意识地比平时多洒的香水味儿从四面八方悄悄钻进了她鼻孔的缘故。每一个乘客仿佛都比平常多说了三成的话，多化了三成的妆，或者比平常多刮了三成的胡须，为了赶去赴什么人的约似的。就连今天头顶上方的网架上放得满满当当的东西，也似乎比平时要贵重得多。

当然，这些只不过是弥生的感觉罢了，实际上，此时的她哪有这份闲心去观察呀。

找到了指定座位后，弥生瞅了一眼同座的女人，便坐在了靠过道的位子上。刚一落座，她又忍不住扫了同座女人一眼。因为弥生的视野边缘捕捉到的某种奇异的光，是发自那个女人正在看的一本时尚杂志。

“华丽的腾飞——并非只是飞翔，也为了扇动美丽的翅膀。”

在这个醒目的标题下面，是一位身着十分优雅合体的香奈儿红色套装的笑盈盈的女人。她有着勾魂摄魄的水汪汪的黑眼睛，貌似整过形的高挺的鼻梁，恰到好处的性感嘴唇。虽然已过三十五岁，但天生丽质及细腻的肌肤，依然保持着不让年轻女人的风韵与妩媚。

真是巧了。弥生心里想着，从杂志上收回了视线。转念一想，其实也不能这么说。近来在电视上或杂志、报刊上，伊形弘美的出镜已不算什么稀罕事了。从两年前开始，她就作为“时尚骄子”而出名，媒体不厌其烦地环绕在她的周围，而弘美对媒体也是毫不厌倦地有求必应。“应付媒体很消耗精力的。你应该心无旁骛，做好糕点才是。”可是弥生的忠告都被弘美当成了耳旁风，随着曝光率越来越高，弘美犹如沐浴在阳光下的果实一般越来越成熟了。遮蔽在弘美的阴影下，已为她鞍前马后地效力十年之久的弥生，最近忽然感到不安起来，不知这种生活什么时候才是尽头。

弥生透过车窗，眺望着远方一闪而过的景色，那暗淡的铅灰色不但没有使她感觉心情舒畅，反而让她更加忧郁了。一层轻淡的薄云覆盖了整个天空，却不足以与白色圣诞节[1]相匹配。一座接

1 西方将下雪的圣诞节称为“白色圣诞节”，认为其预示着吉祥幸福，是圣诞节的最高境界。

一座色调暗淡的房屋掩埋了大地。这景象给人以无论列车行驶到哪儿，都到达不了目的地般的闭塞感——

等到冻僵的手暖和过来后，弥生从衣兜里掏出手机一看，不出所料，被她撂下半截话就挂了电话的高典发来了短信。

“这是第一次也是最后一次，我只跟你说这一次。你自己做个选择吧，要我还是要那个女人。我并不想这样逼你，可是，这次我实在忍不了了。今晚本来有重要的事跟你商量的，什么事你也应该心里有数。高典。”

一个月以前，高典问过弥生左手无名指的尺寸，当时他目光闪烁，满脸羞赧，却又透着得意的神色。想到这儿，弥生的心不由得一阵悸动。高典要在平安夜，在一家法国餐馆里向弥生求婚。高典并没有试图隐瞒这个如同泡沫时期的流行剧里的浪漫故事般的计划，而弥生自然也做好了心理准备。就连弘美都嗅到了那股甜蜜蜜的气息，所以事情才会变成这样的。弥生不知该怎么回复高典的短信，不禁长叹了一口气。

弥生是在二十岁出头的时候认识弘美的。那时，弥生为了学习制作西点，去一所全日制的西点职业学校上课。眼看就要毕业了，可是弥生老找不到合适的工作。学校的老师对她说：“我认识一个很有意思的女人，你想不想去见见？”那时，弘美虽然只有二十八岁，却已经在巴黎一家有名的西点店里积累了五年的学习经验，并且拥有在东京目黑区的“自由之丘”自己开店的资金。不言而喻，她是一位相当奢侈的小姐。当弥生按照约定的时间，前往坐落在南青山的弘美的高级公寓拜访时，看到这套毫无生活气息的三居室里只住了弘美一个人，就已经大吃一惊了。

“应该说是个试销店吧，我打算从自由之丘起步，试一试身手。也可以说想摸一摸底，看看我做出来的点心，有多少人会喜欢。这么个小店，按说招小时工就足够了，但我还是想正式雇用一两个可以信得过的人，所以就去找沢口，问她有没有可以推荐的人选，她首先提到了你，说你是个优秀的学生。”

“哪里，我算什么优秀啊……”

“不过，据她说，你把学校介绍的那些工作单位一家一家都给否决了，还说你很有理想、很挑剔，不知我这个小店能不能入得了你的眼呢？可以的话，跟我说说你的理想好吗？”

从第一次见面那天开始，刚一谈话，弘美就以令人吃惊的控制力掌握了主导权。她无视对方的想法或犹豫，很强势地将对方拉进自己的轨道。

“我哪里有什么理想啊……只是因为，学校给我介绍的都是全国性的连锁店啦或者有名的饭店什么的，净是些大地方。我不想在那样的大企业里工作，可能的话，我希望在小一些的，能够提供真正美味的蛋糕店里工作，就是那种有着手工制作感觉的温馨的小蛋糕店。我想做的是那种顾客愿意从很远的地方专门来买的，这家店特有的美味蛋糕是那种顾客想要买来送给自己最重要的人的蛋糕。”

从一个二十岁的姑娘嘴里说出这样的抱负，并不稀奇，但弥生却是认真而又执着的。弥生被弘美散发出来的强烈气场，以及她那香气袭人般的美貌所压倒，越和她谈话，弥生越觉得自己柔弱而渺小，她竭力与自己内心的焦躁抗争着。

不知是否看出了弥生的焦躁，弘美默默地往用热水温过的茶杯里倒了些格雷伯爵茶[1]。等到弥生把话说完，弘美才把红茶和草莓油酥饼一起递给了她。

油酥饼是由薄薄的海绵层与奶油层重叠起来的圆柱形蛋糕。在精致的荷叶边形状的厚厚奶油顶层上面，托着一颗又大又鲜又水灵的草莓，形成一个优美的造型，猛一看会让人以为是其他水果。弥生只觉得眼前唰地亮了，这块点心宛如一支照亮了桌子的蜡烛。尽管已经紧张得口干舌燥了，但弥生在伸手去接红茶之前，还是不由自主地先握住了叉子。

弥生吃了一口蛋糕后，差点儿哭出来。她从小就是这样，只要一吃到特别好吃的东西，就特别想哭。活在这个世上真好——

1　即Earl Grey tea，是以格雷二世伯爵命名的中国正山小种或锡兰红茶等优质红茶为基茶，加入佛手柑油的一种调味茶。格雷伯爵茶是当今世界最流行的红茶调味茶，也是“英式下午茶”的最经典饮品。据说格雷伯爵茶源于清朝一位华人对格雷伯爵的赠礼。

弥生这么自言自语时，周围的人都会笑她夸张，但她坚信，食物是最容易得到的能够带给人们平等的满足感与幸福感的礼物了。

眼前的这块蛋糕就是最奢侈的赐予了，尤其是蛋糕的清爽口感令弥生无比吃惊，奶油自不必说，就连海绵部分也非常爽口。蛋糕的所有部分都在嘴里瞬间溶化、融合，那令人神思恍惚的甘甜滋润得满口清香，却又在顷刻间消失得无影无踪，叫人想回味刚才品味的究竟是什么味道，于是不得不立刻再次伸出叉子。即便这样反复多次，它的味道依然像谜一样无从把握，简直是如梦如幻。

“这蛋糕，您是从哪儿买来的？”

忍不住问出声来的弥生，立刻意识到自己的失言，脸唰地红了。

“对不起，因为这蛋糕实在是太漂亮了，又特别好吃，就像外面卖的一样。不，应该说绝不逊色于市场上卖的蛋糕……”

她越说越觉得自己正深深地陷了进去。

弘美却愉快地瞧着窘困的弥生，莞尔一笑。

“那么，你觉得我的蛋糕能不能把客人从很远的地方吸引过来呢？”

弥生不假思索地点了点头，她有这个把握，这蛋糕的味道一定会吸引无数的人，让无数人为其美味而陶醉，欲罢不能。在自己二十多年的生涯里，弥生还是第一次这么有把握。

"肯定会的。奔这蛋糕来的客人肯定会超乎想象地多。"

"你觉得他们会买给自己最重要的人吗？"

"当然会的。"

"那么你愿意跟我一起经营这个店吗？"

"当然愿意……"

"那就拜托了啊。"弘美没有听到最后，便已经摆出一副值得信赖的老板的架势，一边伸出右手跟弥生握手，一边说道。

一个月后开张的自由之丘的"拉·卢米埃尔[1]"蛋糕店，一如弥生梦想中的那种精致小店，尽管小得四个员工就可以运转起来，但刚刚开业三个月，弘美就不得不招募点心师傅了。这里还经常得到出甜品特辑的杂志和电视节目的报道，于是，弘美创造的独特口味的蛋糕瞬间迷倒了全国的甜食族，店门口排队的人与日俱增，导致糕点供不应求。结果，长蛇阵招来了周围店铺的不满，"拉·卢米埃尔"营业了不到两年，就搬到青山的新店铺去了。弘美的试水以超出预期的成果落下帷幕。

青山的新店面是弘美买下自家公司旗下的一个儿童服装品牌的办公大楼后改造而成的，其规模当然是在自由之丘起步时的那家小店无法比拟的。在这座三层大楼里，不只有蛋糕店，还有能品茶的茶室、会客室、办公室、员工休息室、弘美专用的带有洗

1 法语，"灯光"的意思。

澡间的店长室等，真是一应俱全，要什么有什么。当然了，那个一切都没有的自由之丘时代，她们也照样过来了，反正它已经不再是弥生所梦想的那种温馨小店了。不过，弥生之所以一直没有产生跳槽的想法，恐怕是因为她已经彻底成了弘美创造出的蛋糕的俘虏了吧。

弥生是弘美做的蛋糕的崇拜者。就像教徒为了传教而奔走一样，她希望让尽可能多的人品尝到这种美味。如果为此而需要换成大店面的话，也是没有办法的事。

这里有实实在在的幸福，只要伸出手就可以接触到。弥生能够通过全身的感官，尽情享受那种触感、香气和味道。她不需要努力或忍受什么，也不需要资本或积蓄。有没有学历、身份、职业都没有关系，弥生崇尚这种容易体会到的小小幸福。

当然，弘美任命她为新店主管，允诺给她大幅度加薪，也是弥生留在“拉·卢米埃尔”的原因之一。青山店有二十多名固定员工，其中不乏与弘美同年龄层的老员工，但弘美选择了刚刚二十三岁的弥生做自己的得力助手。

然而，这并不等于弘美把弥生当作自己的糕点手艺的继承人，说到底，不过把她作为一个容易合作的多面手使用罢了。从每天的采购和销售的管理，到店内备货的核查、制定值班表以及主顾名单、新员工的面试和培训等，弘美把做不来的琐事全部推给了弥生。在自由之丘时，每天围着厨房转的弥生，渐渐地连去看烤炉的时间都没有了。虽说这样一天天地过着，她也觉得有些空虚，但是在向世人推广弘美蛋糕的巨大使命面前，弥生只能告诉自己“那些个人的伤感都是微不足道的”。

第一次见到弘美时，弥生就已经放弃了自己的梦想。“将来要拥有自己的店，要让自己原创的蛋糕流行起来。”这些弥生学生时代怀抱的野心，在弘美不容置疑的才能面前被击得粉碎。

每个人都有各自的本分。自从想明白这一点后，弥生便到达了极其洒脱的境界，因为她以作为弘美的得力帮手经营糕点店为荣，她已从中发现了自己的生存价值。

这个镇上，到底去哪儿能找到美浓烧的器皿呢？

这是刚从多治见站的检票口出来的弥生的真实想法。

从东京到名古屋，大约坐了一个半小时的新干线希望号。换乘中央线的快车后，又用了三十五分钟。弥生到达目的地时，已是下午两点多了，却发现这是一个极其普通的地方城市。她在地铁站四周凝眸找了半天，也没有发现想象中的陶器店的影子和招牌。别说是“美浓烧之乡”之类的漂亮词句了，就连和陶瓷器相关的广告都没看见。

弥生有种不好的预感，但她还是先打了个出租车，前往大约十五分钟车程的多治见市数一数二的美浓烧批发中心。那里虽然以商品齐全著称，但出售的陶瓷器大部分是用于餐馆的量产餐具，根本不可能找到能够让弘美满意的珍品。弥生开始后悔事先调查得不够充分。

因为时间太紧了。从接到弘美的出差指示到出发前的三十分钟里，弥生在店里的电脑上飞快地搜索了一下美浓烧的相关网站。结果，虽然知道了美浓烧是岐阜县东浓地区西部的多治见市、土崎市、瑞浪市等地烧制的陶瓷器的总称，但是其产地范围那么大，她完全搞不清楚该去哪儿寻找。之所以选择去多治见市，只是因为那里相关网站最多。尽管弥生把那些资料打印出来，塞进了包里，可说到底都是些“网上三十分钟”的资料而已。

弥生着急是有原因的，她想要尽可能早一点儿到达当地，尽可能早一点儿回东京。即使来不及七点到达预订的广尾的餐厅，至少要在今天晚上去高典的公寓大楼。

“我想去多治见市的美浓烧陶器店最集中的地方。”

当地的情况还是问当地人最快捷。从美浓烧批发中心出来，又一次坐上出租车后，弥生向司机说道。司机回答：“这个嘛，那就去这个镇子的织部街吧。”他的声音给人感觉没精打采的。

“那一带可以算是陶瓷器一条街吧，但现在开门的店家也很少，陶瓷器产业如今已经不景气了，店铺接二连三地倒闭。”

“啊？”

看来多治见市在与土岐和瑞浪的美浓烧竞争中被打败了，弥生刚这么一想，觉得没有指望了时，听了司机接下来的话，又觉得并不像自己想的那么简单。

“土岐和瑞浪也都一样。在昭和三十年代，这一带掀起了烧窑燃料革命，石油取代了之前的煤炭，因此烧窑一下子进化了，批量生产陶瓷器成为可能。但是，即使生产了那么多陶瓷器，消费量却是有限的呀。结果，大批量的生产反而导致了需求和供给的不平衡，零售业开始互相拆台了。美浓烧本身的质地和技术虽然提高了，陶瓷产业却是萎靡不振的……”

正如出租车司机所说，古朴的织部街十分萧条，冲着陶瓷器来的游客也少得屈指可数，很难想象这里全盛时期的繁华景象。不过，陶瓷器一条街的风貌并非荡然无存，不时可以看到出售年轻艺术家作品的画廊模样的店铺和经营商业用陶瓷器的老店。弥生看了一家又一家陶瓷店，让她中意的陶器还不少，想到在这里或许能找到可以拍成照片、给老板交差的陶器，弥生松了一口气。

她快速地从众多陶器中筛选出候选品，用手机拍了下来。虽然都叫作美浓烧，却分为不同的品种，如织部、志野、黄濑户、赤绘、三彩、天目、青瓷等，各自具有迥然不同的造型和色彩。弥生从中选取的三件候选品是——隐约浮现出花瓣图案的志野平底钵、朱红色的有着纤细描边的赤绘圆盘以及充溢着翡翠般静谧的透明质感的青瓷轮花钵。平底钵和圆盘看起来与女孩节的气氛十分吻合，坚硬质感的青瓷看似有可能反衬出布丁的柔软。尽管这几个陶器都是弥生绞尽脑汁才选定的，最终还是被弘美全盘否定了。

“不行，不行，都太喧宾夺主了。器皿可不是主角啊。我想要的是那种更加具有神秘感的典雅的纹理，或者说是作为配角的内敛的存在感噢。乳白色布丁在灯光下会颤悠悠地熠熠发光吧，不过，那也要看用什么样的器皿来衬托才行啊。”

弥生用手机给弘美发了照片后，便在附近的咖啡店里，一边喝咖啡，一边不停地看表。她等了三十分钟，好不容易等来了回电，却是毫不留情的否定。弥生没有时间沮丧，又继续挨家搜寻起来，这回她看中了白瓷的平底盘和粉引[1]的平底钵。两个都是极其单调的纯白色。弥生心里也觉得盛器以素朴为好，但又觉得为了这么素朴的盛器，自己没必要千里迢迢跑到多治见来，所以，第一遍时被她筛掉了。

这次一定要通过。弥生这样祈祷着发送了它们的图片。但是二十分钟后收到的依然是毫不留情的回复。

“阿辻，你大老远跑到岐阜去，是为了什么呢？如果这么普通的盛器也能够用的话，干脆去伊势丹或者高岛屋买不就得了？我想要的可是那种有着与众不同品位的、不喧宾夺主的陶瓷器，你明白吗？”

“对不起，可是……”

1　陶瓷术语，据记载是李氏朝鲜传入日本的陶器烧造工艺，在制作好的褐色胎的基础上施以白化妆土。在日本，粉引主要用于酒器和饭碗，享有高度评价。

虽说陶瓷器的产地多集中在美浓一带，可就连多治见也没有原来预想的那么多的店铺，选择的余地很有限，尽管弥生这样解释，弘美却好像完全不以为然。

“是吗？那你就直接去烧窑铺好了。”

“烧窑铺？”

“商店卖的东西都是千篇一律的，对吧？所以去烧窑铺的话，说不定能找到更别致、更有感觉的物件呢。那样的陶瓷店东京也有啊，如果不去烧窑铺看看，有什么必要跑到岐阜那么远的地方去呀。”

“可是……”

弥生承认弘美的话有一定道理，但她还是磨磨叽叽的。她扫了一眼手表。四点五十分。

“已经没有时间了。商店差不多快关门了，烧窑铺估计也该关门了……”

“着什么急啊，阿辻，反正还有明天呢。”

弘美还是说出了弥生最害怕听到的那句话。

“明天约的是三点半，在涩谷吧？收进杂志的慕斯蛋糕，你可以交给助手去办，你在那之前赶回来就行啦。我本来就觉得去岐阜当天往返太紧张，出差费足够你用的噢。偶尔你也放松放松，吃点儿美食什么的。”

很可能是中了弘美的圈套，说不定她原本就没打算让自己回东京过平安夜呢，弥生心想。好久没有听到弘美这么兴奋了，尽管无法释然，弥生还是说了句“我知道了”，服从了安排。既然是来出差的，既然还没找到理想的盛器，那么弘美发了话，弥生也只好住一晚了。

“抱歉，今天实在回不去了。回头给你打电话。”

弥生知道高典一定会大为光火，先发了个短信打声招呼。

刚一想到今天回不了东京，黑沉沉的夜幕就遮蔽了弥生的视野，仿佛潜身某处的夜色突然袭来似的。行人稀疏的陶瓷街上，连出租车的影子都看不见，反正也不用赶时间，弥生慢悠悠地朝着车站方向走去，打算找个商务酒店住宿。难道说这个平安夜，自己要一个人在商务酒店里孤独地度过吗……弥生又不禁自怜起来，步子越发沉重了，呼啸的寒风感觉格外冰冷，冻得她全身直哆嗦。虽然白天和东京的气温相差无几，但是日落之后的中部地区还是冷得厉害。弥生感到浸没在一片淡墨色中的旅馆之夜太孤寂了。她忽然发现，明明是平安夜，却没见到圣诞老人和圣诞树，连圣诞歌都一直没听到，看来这里的气温也比东京冷啊。走到车站的大约二十分钟时间里，路边的瓷器店、餐馆和手工艺品店差不多都放下了卷帘门，其中有一家挂着“钓具小鸟象棋围棋麻将”招牌的老店吸引了弥生的目光。

钓具小鸟象棋围棋麻将？

一向只知道做蛋糕的弥生，既羡慕店主的兴趣广泛，又对其不专一略感不快。店前确实有四只小鸟，分成两对放在两个笼子里，但这“笼中鸟”丝毫没有引发人的悲怆感，小鸟们悠然自得，甚至显得挺幸福，不过，还是令弥生感觉不舒服。

弥生在车站前的商店买齐了要换洗的内衣、两个饭团以及叫作栗子糕的和式点心。从商店出来步行三分钟有个商务宾馆，弥生开了个房间。她先在整体浴室里放满了洗澡水，温暖了冰冷的身体，然后眨眼间就吃完了晚饭，“现在该吃甜点了”，就在她心情刚刚好转的当口，弘美再次打来了电话。

“抱歉，忘记跟你说了，我收到一个采访的稿子，对方说希望我们在今天之内寄回。”

“一定要在今天之内吗？”

“是啊。我跟对方说了阿辻今天不在，明天再说吧，但他们好像也是因为年末，忙得不可开交，央求我务必帮帮忙……”

“我知道了。”

弥生把宾馆住宿指南里的前台传真号码告诉了弘美。

“你把稿子传真给我，我看完了给记者传真过去。”

“太好了，其实我看也可以的，不过还是你比较……”

“嗯，当然了，这是我的工作。”

弥生不由得提高了声调。她知道，自己是不可能拜托弘美校对采访稿子的。

弥生祈祷着这次的稿子不要改得满篇是“红”才好。等传真的工夫，弥生狼吞虎咽地吃起栗子糕来——作为今晚唯一的乐趣，就像是亟须补充燃料似的。虽然这朴素甘甜的栗子糕一点儿都没有弘美做的蛋糕里蕴含的那种魔力，但是对于现在的弥生来说，这种朴素却让她感到愉快。

弘美开始频繁地出现在媒体面前，是她承办了一对明星夫妇的婚礼蛋糕之后。

把店铺搬到青山的这几年来，弘美一直过着忙碌而充实的生活。拉·卢米埃尔这个店名不仅限于甜点一族，甚至打进了普通的白领女性、家庭主妇和学生圈子。自从名为“禁果”的辣味儿苹果派空前热销之后，演艺圈的顾客也多了起来。本来就对名人缺少免疫力的弘美，总是盛情地款待他们。那对明星夫妇的婚礼对于弘美来说，无疑是千载难逢的展示自己的好机会。

实际上，弘美亲手置办的婚礼蛋糕也的确受到了人们的极大关注，以致夺去了新娘的光芒，媒体对之竞相报道。从那以后，和拉·卢米埃尔蛋糕相比，弘美本人更频繁地在媒体面前曝光。之前一直以“拉·卢米埃尔店长”身份示人的她，不知不觉之间变成了“甜点大师”。每当回想起弘美的蜕变，弥生都会想起那个至今仍具有象征意义的婚礼蛋糕。

那真不愧是美味得一塌糊涂的婚礼蛋糕。当时新郎新娘手上的餐刀对着的，是巨大无比又简单大方的五层裱花蛋糕。蛋糕的侧面是与新娘相映生辉的蕾丝状奶油，长长地垂着，蛋糕塔顶端高高耸立着用透明糖稀做成的罗马教皇那样的三重皇冠。为了不让五颜六色的装饰破坏了蛋糕的纯白，弘美采用了悬钩子、乌饭树浆果、黑樱桃等各色水果来增添色彩。

伫立在那些熟透了的水果海洋里的是圣洁的女神——

“我还是第一次这么渴望再一次吃到婚礼蛋糕呢。”某位名人在自己主持的节目里这样评价。正如他所说的，弘美做的蛋糕不只是外观，就连味道也是她才华的结晶，那是一种使人飘飘欲仙的梦幻般的味道。然而，那已经不再是任何人都能轻易地、平等地得到的小幸福了。

那个婚礼之后，过了半年左右，弘美从以前员工口中的“店长”变成了“老师”，弥生也从之前的拉·卢米埃尔的“主任”变成了弘美的“专属秘书”。

上电视，给报纸、杂志写稿子或接受采访，担任蛋糕制作法的编辑，参加全国各地的讲演会等等。弘美每天都排得满满的日程表，必须有一个人来审慎而周密地进行安排，以防止因无法拒绝对方而导致时间冲突，甚至乱成一团。此外，还要安排弘美去外地演讲时的出行和住宿，以及为喜怒无常的弘美突然撂挑子做善后工作，等等。弥生渐渐地远离厨房而接受这些工作，是因为怎么也找不到可以代替自己来做这些事的人。

每个人都仰视着弘美，想要模仿她的光彩而试图接近她，想方设法地去吸引她的注意。可是，一旦和弘美的距离缩短到了某个程度，大家又好像听到下班的铃声一样醒悟过来，仿佛绕了个大圈子似的，纷纷迅速离她而去。并不是出于离得太近了会受伤或者烧伤之类堂而皇之的理由，只是因为他们厌倦了弘美。

弥生一直都觉得，正因为如此，自己的存在才是必不可少的。她想，必须有个人谨慎小心、细致周到地来守护弘美和她的蛋糕。

弘美给宾馆发来的传真，是大约一个月前她接受某女性周刊采访的稿子。弥生坐在单人间狭窄的无机质书桌前浏览了一遍稿子，感叹这次弘美的采访对谈竟然出乎意料地被整理得很准确。可是，由于己方的原因而请恪守本分的记者修改稿子，总是让弥生觉得很难受。

“饭后没有甜点的话，不就像是人生没有谈过恋爱吗？”

“我之所以有今天，是因为得到很多人的支持啊。感恩之心是我成就事业的动力之源。”

“守护神或宇宙意识肯定是存在的。这个世界充满了很多肉眼看不到的东西，我最近突然感受到了它们的浓厚气息。”

“据说，我的前世是玛丽·安托瓦内特[1]。对了，她不是说过

1 法国国王路易十六的王后。

那句很有名的‘没有面包的话，可以吃点心’吗？主对她说：‘既然你这么说，那你去做点心，给人们吃吧。’于是，她就转世成了我这个糕点师，为了这一使命东奔西走，真是说起来容易做起来难啊，呵呵。”

无论如何也要让记者砍掉玛丽·安托瓦内特这段，弥生感到为难极了。

“真是抱歉……关于老师说她自己是玛丽·安托瓦内特的转世的部分，是因为最近有个占卜师刚刚这么跟她讲过，而老师现在可能还信以为真呢。不过，我想她很快就会忘了这些的。所以，麻烦你把这段话……”

虽然采访过后，弥生曾经委婉地拜托过那位记者，但采访内容还是被一字不落地写在了报道里。而且，近来一直被弘美挂在嘴边的“甜点大师”这个头衔，也有一些负面影响，所以弥生一再叮嘱记者不要写进去，可还是……

还不只这个问题。“饭后没有甜点的话，就像人生没有谈过恋爱”，这是弘美到处宣扬过几百次的口头禅，而且网上有人指出，这句话还被某个女作家用在了小说中。“感恩之心是我成就事业的动力之源”，这本来是一句蛮不错的话，但是跟十天前发售的另一本杂志中弘美的访谈内容明显地相互矛盾。那次访谈中她说：“我一直是不依赖任何人的帮助，靠自己奋斗到今天的，这种自信是我的动力之源。”还有关于守护神这个问题，一年前她曾在口述的随笔集中这样调侃过："比起守护神什么的，我宁愿被一个出色的男人守护。"当然，她自己可能早已把这些话忘得一干二净了。

这些前后充满矛盾的采访，到底从哪里改起比较好呢？弥生攥着红色钢笔的手心里全是汗，像以往一样，她真想痛哭一场。

当然，弥生知道弘美也不是故意要这样说的，她只是随心所欲地表达自己在不同场合的心情罢了，而且那些不同的心情背后必然有男人的影子。

原来如此！弘美果然跟那个灵魂系摄影师上过床了。弥生一边重新看了一遍关于守护神那段话，一边想。肯定是三个月前出版那本《伊形弘美的蛋糕秘籍》时负责拍摄制作过程的那个高个子摄影师。他那懒洋洋的单眼皮透着奇妙的忧郁和魅惑，弥生一眼就看出来，弘美对他一见倾心。弥生已经预料到了，除非是天上下刀子，否则他们俩肯定会上床。当然了，天上没下刀子，弘美已经跟他上过床了。

但是，现在弘美已经被他甩了。弘美被男人甩简直是家常便饭，这种影响也多少波及了弥生。就像现在这样，自己一个人，在一家既不豪华又没情趣的商务宾馆里，狼吞虎咽地吃着饭团，苦熬平安夜。

弘美这种让人疯狂着迷又很快被人厌倦的情况并非始自今

日，从在自由之丘开店时起，弥生就暗暗为她担心过。

虽说人无完人，但到了弘美这儿，似乎连老天都变得慷慨起来，毫不吝啬地赋予她美貌和财富。首先就是她那无人能匹敌的蛋糕制作才能。其次是高明的经营手腕，她能够独具慧眼，用人得当。再加上使众人目光汇聚一身的美貌，这是最幸运的一点。然而，老天就像要索取这些优点的手续费一样，没收了弘美的桃花运。

追求她的男人可谓前赴后继，因此弘美并不缺少情人。但她只要听到男人一两句甜言蜜语，就会迅速坠入情网，迅速脱光衣服躺在床上，进入热情似火的状态。刚约会之后，又立刻向对方提出还想见面，还想被拥抱，于是迅速被对方冷落，被抛弃。看起来高不可及的弘美，对待恋爱就像个完全不懂收放技巧的小姑娘，因此，那些满怀期待的男人也会很快感到扫兴。运气不好时，还有人把弘美轻浮的样子在众人面前宣扬出去。

被男人抛弃的弘美就像被人脱下来丢掉的鞋子一样萎靡不振，毫无生气，脸色变得黯淡了，头发也失去了光泽，简直没法见人。但在弥生眼里，这才是弘美最有人情味的时候，既不掩饰失恋，也不虚张声势，处于低潮期的弘美甚至给人一种洒脱感。不过，弥生这种舒心的感慨只是最初的一段时间，因为她清楚，一旦过了低潮期，弘美就会立马变身为攻击型人格，于是，弥生就得每天提心吊胆地过日子了。

每当这种时候，被弘美攻击的对象常常是弥生。不，应该说是弥生的恋爱。

与弘美相识的八年里，弥生总共谈过三个男朋友，差不多是两三年谈一个的频率。这样的频率并不算高，而比起像地下超市里的试吃员般走马灯似的换情人的弘美来，就显得很长久了。最让弘美妒火中烧并不断进行攻击的，并非弥生有男朋友这件事情本身，而是她与男友保持的那种稳定关系。比方说，每当弥生为了赴约会，打扮得漂漂亮亮来上班那天，弘美都会要她留下加班；或者找些可做可不做的事占用她的周末；要不就是在弥生生日那天，突然叫她跑到很远的地方去买什么东西。由于弘美这种蛮不讲理的命令接二连三，所以弥生有时也会拒绝。于是，弘美会改变作战策略，更加巧妙地攻击弥生的弱点。

“我想尝试一下新研发的蛋糕，阿辻，今天晚上有空吗？”

弘美知道只需这一句话就抓住了弥生的要害。如果让弥生从“恋人”和“弘美”二者中选择，她有时会选前者，但一旦面对“恋人”和“弘美的蛋糕”时，弥生就会毫不犹豫地倾向后者了。弘美的蛋糕就是如此无与伦比。弥生认为，只要能够见证新奇迹的诞生，哪怕是惹男友不快，或因熬夜而疲惫不堪，甚至少活几年也在所不惜。

当然，男友那边肯定是很不乐意的。每当弘美失恋后转变为攻击型人格时，本来一直稳定的弥生与男友的关系也随之变得不稳定了。虽说弘美找到了新情人后会消停下来，然而弥生的复原速度却越来越缓慢了。尽管弥生承认，工作优先于恋爱是自己选择的，也不能全怪弘美，但她也告诫自己，绝对不能让高典——这第四次恋爱再像以往那样失败了。

和高典相识是两年前的冬天。当时，弘美作为嘉宾参加某个研讨会，负责组织这个研讨会的是广告公司的高典。弥生作为弘美的代理人，在与高典多次进行事前商洽的过程中，彼此渐生好感。研讨会结束之后，两人单独举行的完工宴成为正式交往的开端。后来，高典告诉弥生，他是因为看到弥生一直鞍前马后地为弘美效劳的情景而怦然心动的。具有讽刺意味的是，大概是弥生被喜怒无常的弘美搞得团团转的样子，给男人们留下了会照顾家的贤惠女人的好印象吧。

打一开始，高典就说希望以结婚为前提进行交往。已年过三十的弥生也觉得这是个应该把握的机会。今天晚上，如果高典求婚，弥生就打算接受。不知道与高典结婚这件事情，会使弘美的攻击更变本加厉，还是会让她就此熄火。不过，弥生相信，只要有了夫妻这种牢不可破的稳定关系，这点儿骚扰是不能造成什么影响的。

“是的，是的，实在对不起。我也记得老师确实是这样说的，只是，这样刊登出来的话，会有些不便……是的，真是抱歉，还请您多多关照。”

晚上十点，弥生将修改后的稿子用传真发送到了记者家，等了一会儿后，又打电话去道了一通歉。起初，对方说“我倒是觉得玛丽·安托瓦内特这部分特别出彩呢”，但最后对方终于同意删去那一段话，还安慰弥生说“你也真是不容易啊”等等。弥生从对方的言外之意里，再一次深切体味到了今夜是圣诞之夜。

弥生拿起了从她进入酒店就一直响个不停却没工夫接的手机一看，果然，五个电话中有四个是高典打来的，剩下的那个是弘美打来的。另外还有两条高典发来的“等你回话”的短信。

弥生首先给弘美打了电话，报告已经审校完了采访稿，然后说了明天下午三点半开始的有关录制烹饪节目的事。每周一，弘美要主持一个蛋糕教室节目，只要弥生没跟着去，弘美就会穿着完全不符合厨师身份的艳丽衣服进入工作室，用涂了指甲油的手打奶油，真是一点儿都不能让弥生省心。要想在三点半之前进录制间的话，最迟一点以前必须离开这里。在这段时间里，弥生对于能否找到让弘美满意的陶器心里没有底。

“明天，千万不要迟到了哦，可能的话，你最好提前三十分钟到更衣室，我想让你确认一下配料呢。明天是录制香蕉和焦糖做的慕斯，听店里人说，导演畑中还打电话来，对慕斯的分量抱有疑问，真把我吓了一跳。这种人明明自己什么都不懂，还乱多嘴，怪不得别人都对她敬而远之，只让她主持烹饪节目呢。咱们的配料当然没问题了，不过，可能缺少了些要点提示什么的，所以得让你来看看。”

最近，关于制作重中之重的蛋糕，弘美不时会说些缺乏自信的话。

“畑中的父母在浅草经营着一家食堂，所以我觉得跟食物相关的东西，她可能会比较较真吧。”

弥生很平和地回答，不等弘美反驳，她又补充了一句：“明天我尽可能早一点儿赶回去，不过，要看美浓烧的情况。”

“没问题的，明天肯定能找到好陶器。那么，就这样吧，明天下午的事就拜托了，啊，还有……”

“什么事？”

“圣诞节快乐！”

这声音听着就像满嘴都是黏糊糊的廉价奶油似的——

她是在挖苦人呢，还是真心的呢？像往常一样猜不透弘美心思的弥生，淡淡地回应了一句“也祝老师圣诞快乐”。从腰间涌上来的疲倦使弥生合上电话的速度都慢了下来，可是，今天晚上还有“一场战斗”等着她呢。

弥生刚想去泡杯茶喝，刚挂断的手机又响起来了，是他打来的吧，弥生立刻绷紧了神经。

“哎哟，终于接电话了。我都给你打了好几个电话了，你干什么呢？我也没有生你的气，就是特别着急，死活联系不上你。”

发了一通牢骚后，高典立刻旧话重提。

“怎么样啊，想好了吗？你到底选我，还是选那个女人呀？”

弥生深深换了口气，只好忧郁地回答“我也不知道”。

“不知道？既然这样，我就把话跟你挑明了吧。今天晚上，我本来是准备向你求婚的，你不会还不明白吧？弥生也打算接受我的求婚的，对吧？你刚才说不知道，是什么意思？难道说你不愿意选择我吗？”

“如果说结婚就是选择的话，也许可以这么说吧……不过，就算是结了婚，也可以继续在老师那儿工作啊。”

“你说什么呢！那是绝对不可能的。”

“为什么？”

“我确实说过结婚以后你想去外面工作，我也不反对。可是，我并没有说你可以继续在那个女人的店里上班啊。像你现在这样没有固定休息日的工作，结婚以后怎么行呀。说实话，我不愿意看到弥生对那个女人唯命是从的样子。”

平安夜的计划泡汤了，大概让高典忍无可忍了吧，他就像念台词似的，滔滔不绝地长篇大论起来。

“我看你对那个女人的情况，完全是一无所知。其实，今天我有两件重要的事要跟你说：一件是刚才提到的求婚的事；另外一件是有关那个女人的事。你以为她是某总经理的千金吧，其实那完全是假的，是骗人的呀。虽然是她爸爸出资开的店，却是另一种意义上的‘爸爸’呀。还有什么在巴黎的名店学习过也纯粹是胡说八道，据说那家伙的所谓学习，实际上就是在马赛某个乡镇上的糕点屋打过工。而且她的鼻子整过形的传闻也属实。既然连我都听说了，可见媒体那些家伙早就打听出来了，他们只不过是在等待将消息散布出去的最佳时机罢了。媒体那些家伙就喜欢玩弄这套把戏，把某个人捧得高高的，再狠狠地摔在地上，这点儿常识弥生不会没有吧。那个女人现在已经是一艘快沉的船了，你还是赶紧离开她，上我这条船来吧。”

左手拿着电话，右手在电脑上查找烧窑资料的弥生，听到他最后那句“上我这条船来吧”时，差点儿笑出声来，好不容易憋了回去。但是，高典似乎把弥生那蕴含着紧张的沉默理解成了其他的意思。

“我明白，你非常吃惊吧。看来，弥生也是被她给骗了啊。胆子也真够大的了，那位老师，就凭着那份胡编乱造的履历，居然能够那么风光。外观的确是光彩夺目，不过，里头都是破烂货。”

“可是……”弥生截住了高典的话头，镇定得连自己都觉得不可思议，“可是老师的糕点并不是假的呀，不管是外观还是味道都货真价实。这还不够吗？”

"什么还不够吗？这叫作欺骗哪，是欺骗！是履历欺骗。只能说是欺世盗名吧。"

"不过，顾客们并不是因为老师的经历大老远跑来的呀。只要点心好吃，就算履历都是假的，顾客也喜欢来买呀。"

长长的寂静之后，再次传来的高典的声音增添了一层深沉感。

"我跟你说啊，我呢，非常非常喜欢弥生，可是你对糕点也太着迷了，或者说太疯狂了吧。只有这一点，我实在是不能认同。不就是甜点吗？不就是一个五百日元，每天三点吃的零食吗？我在公司过手的都是上亿日元的资金。所以，在我看来，你根本没有必要那么玩儿命，何必呢，说实在的？"

那么，你运作的那上亿日元资金让谁高兴了呢？

能不能让每个人轻易而平等地获得小小的幸福，感到实实在在的满足呢？

一瞬间，烧窑里烧制的陶器般灼热的东西涌上了胸口，这样的感觉弥生还是第一次，她屏住呼吸小心地体味着。然而，高典又一次误会了弥生的沉默。

"我这个人，你完全可以信赖的。我绝对不会让你感到丝毫的不自在，而且我也不会花心的。我把一辈子呵护你这个有点儿缺心眼的女人当作自己的使命。冷静想一想的话，弥生也应该明白的，到底是围着那位老师转，还是围着我转更幸福！好了，现在可是个好机会，今天晚上你好好考虑考虑吧。”

也许是隔着东京到岐阜的距离的关系吧，高典越是起劲儿地让她考虑考虑，弥生越是没心情考虑，她的心思渐渐被桌上摊开的资料吸引过去了。这些资料是刚才在本町的织部街得到的，资料上写着距离多治见站十分钟左右车程的市之仓一带分布着几十家烧窑。弥生看着一家一家的说明资料，不由得兴奋起来。在这些各具特色的烧窑中，沉睡着弘美想要的配得上她的布丁的陶器。没错，这回一定能找到最美的陶器了。弥生胸口那团依然灼热的东西被她转移了方向。

“我明天还会给你打电话的，今天晚上你先好好想一想吧。虽然我啰啰唆唆说了好多，但我坚信弥生最终会做出正确判断的。所以，我才决定选择你一起组建家庭，当我孩子的母亲的……”

任凭耳边流淌着高典絮絮叨叨的声音，弥生翻开了刚才在本町买到的那本《美浓的陶器》，一直专心致志地看到了深夜。

市之仓位于与爱知县相邻的市之仓河沿岸的一片开阔的清静之地，从镰仓时代后期开始，这一带便以制陶而闻名，这一传统一直绵延至今。原本这里主要生产不上釉色的陶碗，但自江户时代以后，便开始以生产碟子、钵和酒壶等日用陶器为主了，其烧制技术也与时俱进，种类逐渐繁多起来。进入大正时代以后，市之仓以酒杯的产地而驰名，现在其酒杯的产量居日本第一。

凭着从《美浓的陶器》这本书现学的知识，弥生第二天早上八点从饭店出来，在车站里的糕点屋里吃完鸡蛋三明治，就坐上了出租车，前往九点烧窑铺子开门的市之仓。在市之仓中心的区民会馆下了车后，弥生虽然听见了高典打来的电话铃声，却没有理会，立刻按图索骥，去烧窑铺转悠了。

看地图上的标注，市之仓的烧窑有十八家，由于不可能在时限内——一点之前转遍所有的烧窑，所以弥生事先圈了几个地方。

可是，当弥生沿着市之仓河岸朝着第一个目的地走去时，发现有许多烧窑并没有标在地图上，如果不进去看看就走过去，于心不忍，不由得都进去瞧了瞧。每一个烧窑都在制陶工作室隔壁设有销售的铺面，没有预约的顾客只能隔着玻璃观看制陶工匠做陶器，就像开放式厨房似的，弥生暗笑。大概是来得早了，每一个店铺都看不到人，看门的人一看到有来客，都赶忙殷勤地为弥生点上火炉，打开电灯。

既有大库房里层层堆积着织部陶盘的店铺，也有狭小得一转身就能看到所有陶器的赤绘专卖店，还有在白木架上摆放着志野陶的展示店——在这些风格迥异、各具特色的陶器店中，终于邂逅了那个让弥生一眼相中的小钵，那是在她转到第五家烧窑的陈列架前面的时候。

在那个小得简直算不上是铺面的屋子里，各式各样的精致陶器让她目不暇接，其中有一个浑圆饱满的红志野小钵。大概是由于白釉上得比较淡的缘故吧，铁锈红底色渗透表层，酿出了韵味幽深的暗红色。弥生征求了店主的同意，拿出手机拍了照，一边往下一家烧窑走，一边把图片发给了弘美。

不到五分钟，弘美回了短信。

“不错啊，这个小钵，很漂亮。就是它吧。”

“可以吗？”

“可以。真不愧是阿辻啊，辛苦啦！”

和昨天相比，弘美就像换了个人似的，立即拍了板。弥生望着不远处的下一个店铺，停住了脚步。

“可是……不想再看几家了吗？我刚看了五家，而且时间还有富余。”

“不用了，这个就行了，很符合我的标准。你把它买下来，赶紧回来吧。”

“可是……”

“又有人要来采访了，这个那个的，要谈的事情特别多。虽然有经理阿山在应付，可是阿辻不在的话，毕竟很难决定的。拜托，尽量早点儿回来吧。”

弘美说完就挂断了电话。有点儿泄气的弥生向右一转身，朝着红志野小钵那家店铺往回走。可是，弥生迈着疲惫不堪的腿，刚走了几步，仿佛被什么人扳着肩膀似的，再次向右一转身。

头天晚上，她决心要找到最满意的陶器。看到刚才那个红志野小钵，尽管觉得“这个很不错”，但它还是不具有让弥生感到“就是它”那样的磁力。那个酿出淡淡绯红色的小钵，确实极为接近弘美所要求的“拥抱果实”的效果。然而，它并不是可以使弘美那蕴含着魔力的布丁绽放异彩的陶器。

还有时间。要是买到更有魅力的陶器回去，弘美也会非常高兴的。弥生不再犹豫了，她朝着烧窑迈开了步子，如同新干线的车门在背后关上时那样，弥生的心情恢复了平静。

市之仓的整个街道原本就笼罩在异样的静谧之中，清晨的寒气随着太阳升起而被驱散，朦胧的远山沐浴着朝阳，闪烁着耀眼的春光。漫步在这没有任何亮丽色彩的悠闲街道上，弥生感觉无比放松，竟不由自主地哼起歌来。连每隔十分钟就会响起的高典的来电，她都不再介意了。刚才还感觉很冷的身子，渐渐有了暖意，肌肉也不那么僵硬了。

弥生把揣在大衣兜里的手拿出来，摘下围巾，塞进包里。她听着在无声无息流淌的市之仓河面上嬉戏的小鸟的鸣叫，抬头仰望一片湛蓝的天空。看着看着，她恍惚觉得那一朵朵蓬松的白云变成了暄软香甜的奶油蛋糕——无论自己怎么使劲伸出手去，也永远够不到的弘美的蛋糕。

这些年来，弥生被弘美的蛋糕那如梦如幻的美味所迷醉，一直拼命追随它走到今天，却依然够不到它，而且永远也够不到它。不过，弥生相信，暂时盛载它们的陶器，自己能够找到。这个自己可以做到。一定要找到它，给弘美瞧瞧。一定要找到那种能够拥抱弘美做的那犹如跳动的心脏般颤悠悠的布丁的陶器，能够给那颗心脏输入生命的奇迹般的器皿。

无论走多长时间弥生都不觉得累，每去一家烧窑店铺，她的兴致就增强一层。正好到了第十家时，弥生终于见到了自己梦寐以求的奇迹般的陶器。

濑户黑——

虽然它是具有代表美浓烧资格的陶器，但现在几乎不生产了，弥生在这里第一次看到了它。

这个烧窑悄无声息地坐落在远离镇中心的地方，可以说是半山腰的树林之中，看上去像是两个山中小木屋。开着拉门的制陶室没有人，弥生拉开像是铺面的那个小木屋的门，问道："有人吗？"玄关看着跟普通的民居没什么两样，没想到进去一看，靠着三面墙的架子上堆满了待出售的陶器。盘、钵、碗、盃，每一个陶器都充满了某种逼人的生猛气息，和弥生在其他陶器店看到的迥然不同。那呼之欲出的生命活力，给她以强烈的震撼。其中特别吸引人眼球的几十个陶器锁在玻璃陈列柜里，让弥生看得眼直的濑户黑也摆在那里面。

它是一个圆筒形陶碗，碗口直径十几厘米，高八厘米左右。由于碗口边缘稍稍向外倾斜，猛一看很像小钵，造型极其别致，同时又具有将看到它的人击倒在地的威严和气势。

这是由于其宛如原始的黑暗般的漆黑色之故——是有别于织部黑以及天目黑的质感的那种漆黑。

是犹如勾魂摄魄的死亡般的黑色。

是吞噬一切的虚无的黑色——

若是将如梦如幻的弘美的布丁盛在这死亡般虚无的黑色容器里，会怎么样呢？

光是这么想想，弥生已经热血沸腾了。这种亢奋与性欲多少有点儿相像。

“这叫濑户黑。”

这时，背后突然响起了一个男人的声音，正沉浸在激动之中的弥生吓得一激灵。

从没有拉严实的拉门那边传来说话声。弥生回头一看，是一个年轻的工匠，婆娑的树影洒在他薄薄的工作服上。他那标致的五官中，只有眼睛发出灼热的光。

弥生不由得后退了一步，脚没有站稳，踉跄了一下，仿佛连地心也在震荡似的。

“我知道。”

她假装镇定地回答，又发觉自己的声音有些刺耳，便小声补充了一句：“在书上看到的。”

“是采用引出黑工艺烧制出这种色泽的。在烧窑里烧两三天后，一出窑就用水冷却，这样，烧得通红的陶器就会一下子变成漂亮的漆黑色。这种陶器特别费工，所以现在只有个别痴迷这个工艺的陶艺家在做了。”

“这些是你做的吗？”

“我只是来上门学艺的。师父出去打工了，没在。”

“打工？”

“光靠做陶器养活不了自己，所以，师父兼了份差事，给在名古屋的神社里举行的婚礼当主持。今天是大吉之日，所以特别忙。”

“哦。”

也许是觉得弥生不咸不淡的反应有些好笑，男人微微一笑。弥生这才稍稍放松了一些，又朝濑户黑望去。

“我是来找美浓烧的。”

“美浓烧还分很多种，陶器也有很多种类。”

“是啊，我觉得终于找到它了。”

“是这个碗吗？”

“是卖的吧？”

“是的。不过，不是随便谁都卖的。”

“什么意思？”

“师父说，要有所选择。”

也许这个人不像看上去那么年轻吧。也许是由于在这样偏僻的地方，整天跟着孤僻的师父学陶艺，灵魂里积淀的尘埃被冲刷殆尽，而给人以滑溜溜的印象吧。他的眼睛里明显地流露出享受对方惊讶反应的那种恶作剧的神情，这就更加引起了弥生对这个男人的兴趣。她又问道："如果卖的话，大概多少钱？"

"三十万日元。"

"三十万日元……"

"不便宜。但是，也绝不算贵。现在，要想弄到这样高品质的濑户黑，就得这个价钱。不对，还得贵一些。"

三十万日元。买一个陶器花这么多钱，确实太离谱了。要是自己买的话，弥生绝对买不起。可是，对于每年动辄拨出上百万日元购买服装和首饰的弘美来说，应该不至于让她皱眉头的。

"我问一下。"

弥生对男人说完，就走出木屋，坐在细圆木做的长椅子上给弘美打电话。弥生描述了刚才看到的濑户黑碗有多么多么漂亮，她是多么多么想用它来配弘美的布丁……她竭力劝说弘美把它买下来。弥生还很少这么能说会道。弥生一边说一边等着弘美的回应，可是从手机里传来的却是懒懒的声音。

"什么呀，阿辻，你怎么还在那儿啊？我不是让你快点儿回来的吗？濑户黑？三十万日元？你说什么哪。出这么趟差，你就这么投入的话，我还不得破产了。"

"可是，那个碗和老师的布丁简直就是绝配。老师看了，肯定会特别满意的。这样的陶器真是千载难逢啊。”

“就算是千载难逢，我说……你先听我说。阿辻，太差劲了，听说配料供货商村田那家伙，最近到处说我的坏话，说什么老板不去厨房的话，蛋糕店就得关张啦，什么拉·卢米埃尔快倒闭啦……多可恨哪。我早就听说了，耳朵都起茧子了，用得着他现在胡说八道吗？”

手机那边传来烦躁的叹息声。弘美说话没精打采的根子原来在这儿呢。

“我跟你说，自从搬到青山以来，我对村田就一直特别关照，无论是乳制品、面粉，还是砂糖，就连洋酒也全都从他家进货，可是，他这么没良心，太过分了吧。还不光是这些呢。就连青叶果品的平沼，还有小鹿，都是因为村田搭桥，我才从他们那儿进货的呀。我那么给他面子，他却翻脸不认人，摇身一变，俨然成了个评论家。人心叵测，真是可怕啊。这么不知天高地厚，我要跟他们断交。既然如此，村田啦、平沼啦、小鹿啦统统靠边站。”

“当然可以不理他们，不过，老师，这样一来，以后平沼或小笠原他们就会在顾客中散布对老师不利的话。而且，改从别家进货的话，质量和味道也会发生变化，糕点品种也得从头再来了。”

听了弥生冷静的回答，弘美沉默了一会儿，然后啊了两声，火气小了下来。

“真是烦透了。早知现在还不如像以前那样，面粉和奶油全都分头进货呢。那时候，咱们虽然是一家小店，可是，进货商都上赶着来推销，你还记得吧？最近我常想，那个时候真是快乐啊。阿过是不是也经常会想起自由之丘时代啊？不知道能不能从头再来，开一家那样有特色的小店啊。”

“那怎么可能呢，老师。”

弥生立刻回答。

“老师的蛋糕在小店卖的话，无论在什么样的穷乡僻壤，都会排起长蛇阵的。这样会让老远来的客人等候好几个小时，而且影响附近店铺的生意。老师如果想从头再来的话，不如考虑一下把店铺扩张得更大呢。”

“扩张？”

“老师以前说过吧，想在店里正中央建一个四面玻璃的开放式面包房，让顾客看到制作面包的全过程。我觉得这是个很有创见的想法，客人肯定会高兴的。”

“好像是说过这样的话，不过……”

“趁这次机会，干脆设立一个出售与老师的糕点搭配的陶器的区域，怎么样？老师的作品必须通过视觉和味觉来品味，所以，咱们讲究器皿也是很自然的。把老师的作品放在百元货的盛器里，我觉得就好像玛丽·安托瓦内特穿着破衣服似的，实在受不了。”

“是啊，说起来我的前世……”

“如果把老师的作品和陶器搭配在一起作为艺术品来推销的话，我敢打赌，顾客们保准特别喜欢。所以说，老师，我觉得作为这个计划的第一步，首先必须购买这个濑户黑碗。我绝对不会让老师后悔的。”

弥生对弘美给予了最后一击，她对此是有胜算的。即便是一向我行我素的弘美，如果遇见了难缠的人，被对方先发制人，往往也会出乎意料地脆弱，最终会因懒得纠缠下去而缴械投降。

“知道啦。”果然弘美懒得再争论下去了，“那你就把它买下来吧，那个什么陶器。不过，那个……”

“什么？”

“怪不得我总是感觉不安呢，原来是因为不知道能跟阿过走多远啊。”

“说什么哪，老师。好了，买了陶器我马上就回去，你先关照一下那边的事吧。我想现在往回走的话，可以早一点儿进录制间。”

弥生不由自主地提高了声调，嘴角露出了笑意。那个陶碗到了手，就可以和弘美的布丁融为一体。她正要把手机放进大衣口袋里，打算返回那个男人所在的玄关时，却改了主意，先看了手机的来电显示一眼。

高典来电五次，还有三个“有事找你”的短信。都是今天发的。

虽说也可以装作没看见，但是终于寻觅到了濑户黑碗的弥生，趁着兴头，摁了一下高典的手机号。

“弥生，你现在在哪儿？啊，还在岐阜哪？”

“对不起。不过，告诉你，我终于找到梦寐以求的陶器了。而且它还是最棒的……”

“行了，别老是陶器不陶器的。我问你的事，你考虑得怎么样了？昨天晚上认真考虑了没有？”

弥生正无可奈何地听着话筒里高典越来越歇斯底里的声音时，忽然感觉树林里一阵唰唰作响，回头一看，在刚才弥生坐过的长椅子背后，有一只獾正探头探脑的。猛一看很像是狸猫，但它是一只獾。她听出租车司机说，由于獾繁殖太快，当地人都受到了它们的侵扰。此时，这么乖乖地待在这里的獾，被树叶间洒下的白晃晃的阳光照得脸上光影斑驳，一脸无辜而又憨态可掬的样子。弥生忍不住扑哧一声笑了出来，结果，又像以往那样，被高典给误会了。

“有那么好笑吗？人家这么担心你，你还笑。你该不会在那边跟别的男人游山玩水吧？真是的，老师不像个老师，你这个专职秘书也被她带得成天瞎忙活。我们公司有人这么说呢。”

“你才是瞎忙活呢。”

弥生并没有生气。可是，她的声音却犹如被浇了冷水后一瞬间变色的陶器一般脱口而出。

“你才是瞎忙活呢。从昨天到现在，你都干了什么呢？你到底给我的手机来了多少次电话呀？你自己的工作干得怎么样了？我告诉你，高典，先把自己的事情做好，别老瞎管别人的闲事好不好？今天晚上，事完了我就去找你，见面之前，都好好工作。”

最后，她柔声柔气地安慰了他几句，就挂掉了手机。

弥生兴冲冲地回去找那个男人，却发现刚才他们俩待的玄关里没有人。于是，她又到旁边的小木屋去找。她听见里面传来哗哗地往地面喷水的声音，接着看见昏暗的制陶间里，那个男人正在洗刷工具上的泥。他心无旁骛地用刷子刷洗着，天窗射进来的淡淡光线勾勒出了他那阴森森的身影。

直到刚才，弥生还觉得在都市的繁华街道上的那个和自己很般配的男友，现在仿佛变成了生疏的人。他所在的那里，弥生所在的这里，仿佛刹那间改变了原来的轮廓，飘浮到了两个不同的世界去。现在自己所在的这个没有圣诞节没有恋人没有手机的非常有限的空间，却令弥生感到无比纯净而舒适。竟然大老远跑到这个山沟里来了。无论是我，还是这个男人。弥生不知为什么产生了这样的感觉。

钓具小鸟象棋围棋麻将——

轻手轻脚地小心翼翼走近那个男人时，弥生脑子里不知怎么出现了昨天看到的那个店铺的招牌。幸福恐怕就是那样悠闲自在的生活吧。可是无论是自称来学艺的这个男人，还是弥生，都已经走到不能回头的境地了。

男人看见弥生，就关上了水龙头。在飞扬的泥土味儿中，两人互相对视时，弥生不由自主地说道：

“我看见獾了。”

“啊，这个时间的话，应该叫它獾太郎。”

“你给它喂食吗？”

“它只是自己跑来玩。”

“我听说当地的人很讨厌它。”

“我们这儿也没有什么东西怕它弄坏的。”

男人一边用工作服擦着湿了的手，笑道。

“前几天有个古寺起火了，我师父说绝对是和尚干的，就像三岛由纪夫的《金阁寺》[1]里的故事那样。可是，后来知道是住在寺里顶棚里的獾干的。当然，寺庙烧了，跟我也没多大关系。”

和这个男人在一起时，不知道为什么弥生会感到宁静。心情平静下来后，弥生想起了他刚才说的话。因为那个濑户黑碗现在

---

1 《金阁寺》是日本著名作家、曾两次被提名为诺贝尔文学奖候选人的三岛由纪夫的一部重要作品，描写年轻的僧徒林养贤出于对金阁寺美的妒忌，纵火烧毁金阁寺的犯罪过程，刻画僧徒对传统美既爱又恨的扭曲心态。作品以金阁寺与人生相比，描写美与人生、艺术与人生的悲剧关系。

还没有完全属于弥生。

她提心吊胆地窥视着男人的表情，问道："谁要买的话，你会卖呢？"

"这个嘛，要看我的感觉了。"

岂有此理。弥生正思忖时，男人邀请道："要不要喝杯茶再走？"弥生顺从地跟着他回到了隔壁的木屋，朝里面的客厅走去。男人的目光里很明显地透出了要跟她做点儿什么的意思，而不是喝茶，她却觉得这反倒比喝茶更自然些。在黄泉般的静寂之中，想象着这个男人粗壮的手指揉搓黏土的样子，弥生身体的某个部分涌起了一股热浪。她想，我这是为了得到最好的陶器。即便在这里待上一小时，然后卡着时间去电视台录制节目，弘美也一定会高兴的。做完节目，就把录节目用的慕斯送给高典，再对他说点儿好听的，最喜欢吃弘美的蛋糕的高典肯定会转怒为喜的。

遛狗

从“休闲酒屋”这个店名就能想象到，它是一家既不豪华也不时尚的小酒吧，连女招待和光顾这里的客人都像玩累了的孩子似的无精打采的。他们在人生道路上总是走弯路，在关键的时候一再错过好机会，未能出人头地、飞黄腾达。尽管如此，有的人照样每天优哉游哉的；有的人为过去的懒惰而悔恨；有的人期待着未来的第二次、第三次转机——不过，他们的共通之处是，现在仍旧在这个幽暗的店里，度过一个个无所事事的夜晚。

来这里的男人不是为了虚荣心，也不是为了追求奢华和色情，所以对女招待不会动手动脚，都老老实实地坐在吧台前，喝着加水威士忌。不过，一旦喝醉了，客人有时也会撒酒疯，但是没有一个女招待会对他们要横。她们都是三十好几的人了，廉价裙子裹着她们松弛的臀部。正因如此，她们对那些同样走下坡路的男人都很温柔。与其说是客人和女招待，不如说是同样不得志的人。在面试那天晚上，感受到了这样气氛的惠利子，由此获得了一些信心——这个地方的活儿，自己也干得了吧。

既然来这样的地方打工，惠利子就踩着缝纫机，专门做了一条露肉的连衣裙，穿着它第一天上班时，妈妈桑怕她感冒，提醒她穿了件外套。三个月后，同事也好，常客也好，都叫她“小惠利”了。虽说都三十岁出头了，但她也习惯了这个叫法。渐渐习惯了之后，她也逐渐暴露出了自己不来上班时素面朝天的本性。

“滨尻先生，我觉得小惠利挺与众不同的，你知不知道她是为了什么来做女招待的？”

那天晚上，前辈阿熏对常客滨尻这样说。

“这个嘛，我怎么知道呢。要说为了什么，除了挣钱外还能为什么呀？”

“所以我才问你，她为什么需要钱呀。”

“大概是为了生活吧，要不就是为了养活什么人？”

滨尻是个与众不同的客人，在这个店里的常客中算是有点儿小钱的。他每个星期都来一两次，每次必定开一瓶三万日元的香槟王酒。据说他是开IT公司的。妈妈桑说，他是因为税理士[1]老抱怨交际费的发票不够，才来这儿花钱的。但是，他这个人不善于和人打交道，而高级俱乐部里的年轻女人，他又觉得太麻烦……所以，他是觉得来这家店比较清静吧。

“正确。”在阿熏的示意下，惠利子坐在了滨尻旁边，“只

1　根据日本《税理士法》从事税务代理、承办税务文件和税务咨询等活动的人员。

不过，我要养的不是男朋友。”

“别什么男朋友、男朋友的，都这个岁数了，多寒碜哪。不是有其他说法吗，像恋人、情人、相好什么的呀。”

“哎哟哟，滨尻先生，你可别这么说啊。”阿熏插了一句嘴，担心滨尻信口开河，搞得大家尴尬。

“其实，不是恋人，也不是爱人和情人，是一只汪汪，是汪汪啊。”

“啊？”

“听说小惠利参加了志愿者活动，收养了一条流浪狗，所以需要花钱。她是为了养汪汪，才来做女招待的。小惠利看着蛮老实本分的，其实可怪了呢。”

“别老是汪汪、汪汪的，又不是王贞治[1]，就说狗得了。”

虽然滨尻不耐烦地说道，但其实他也产生了兴趣。他没有喝已经打开盖儿的香槟王，而是一边喝着加了冰块儿的哈珀酒，一边问惠利子。

“养狗有什么用啊？狗能汪汪地叫唤，告诉你哪儿埋藏着巨款吗？还是能给你养老送终呢？”

“不是，不是的，根本不是……”

“那么，你图的是什么呢？”

1　日本著名的职业棒球选手，前日本职业棒球福冈软件银行鹰队总教练兼球团副社长、总经理。由于“汪汪”和“王”发音相似，所以这样说。

滨尻一副盛气凌人的样子，看来他是真想弄清楚惠利子养狗的目的。柜台那边的客人此时正在情绪高涨地唱着“犍陀罗”，惠利子背对他们坐着，茫然地朝着烟雾弥漫的店里看了一会儿。

“狗对我来说就是牛肉盖饭。”

“牛肉盖饭？”

“对，牛肉盖饭。”

这个回答似乎让滨尻和阿熏都感到很意外。

“可是，这到底……”滨尻刚说到这儿，胸前口袋里的手机响了。

滨尻和对方简单地说了几句后，少有地恋恋不舍地站起身来。

“咱们下次再接着聊吧。如果明天能来的话，我就明天来。‘牛肉盖饭’这个比喻，我怎么也理解不了。”

惠利子和阿熏把滨尻送到了店门外面。像往常一样，惠利子向一脸严肃地走远的滨尻鞠了一躬。回到淡紫色的暗淡烟雾里时，阿熏已经把狗的事抛到九霄云外了。柜台那边的常客嚷嚷着要唱卡拉OK，惠利子迅速切换了心情，招呼着客人，在卡拉OK机上设定了客人点的歌曲，然后和着前奏打拍子，在间歇时准备酒水，到了曲终时，不失时机地鼓掌欢呼。

走调的歌声、廉价的酒和抽秃的烟蒂——

伴随着越来越高涨的既非欢快又非愉悦的慵懒的甘甜气氛，

夜渐渐深了。

早晨六点半。

黎明时，惠利子总是被湿乎乎的狗鼻子给弄醒。比比的凉鼻头肆无忌惮地拱着她，呼哧呼哧的温暖鼻息弄得她脖子直痒痒，仿佛在跟她撒娇："起床啦，跟我玩吧，带我出去玩吧。"别看比比胆小如鼠，在外面连只猫都怕得要死，在家里可是撒娇成性的主儿。"别闹了，别闹了。"惠利子咕哝着刚翻了个身，又被妞妞等个正着，伸出舌头使劲舔她的嘴。妞妞总是喜欢不分时间、不分对象地去亲人的嘴巴。惠利子实在受不了它这份执拗的爱抚，忍不住叫唤起来，把被子蒙在了头上。结果，突然看不见主人的比比，不停地发出怪里怪气的叫声，而妞妞则汪汪地扯着嗓子嚎起来。紧接着，惠利子定的六点半的闹钟，也仿佛趁火打劫一般，在枕边铃铃作响——

每天早上被它们折腾醒来的时候，惠利子都会不厌其烦地反复问自己同一个问题。

狗狗们到底是怎样察觉到闹钟的时间的呢？

还有，旁边睡着的老公弘司，为什么对两只狗的吵闹能够充耳不闻，而对闹铃的反应却那么迅速呢？

"还有十分钟。"

老公就像做智力抢答题的高手一样，飞快地伸出手关掉了闹钟，呼出一口气，重新蒙头大睡。

“我再睡几分钟啊。”

“好的。”

为了能让弘司安稳地睡上最后十分钟，在新的一天的早晨，惠利子带着那两只还在呼哧呼哧喘粗气的狗下楼去了客厅。

惠利子早上起床后喝口水就能知道昨晚有没有喝高：感觉凉凉的水很舒服地流过喉咙，属于正常；一喝水，就闻到一股残留的酒气的话，说明昨夜的疲劳还没有恢复；特别要小心的是，如果早上起床觉得水特别好喝，显然是宿醉。

惠利子觉得今天早上的水挺好喝。由于店里没有那种经常深夜打车回去的客人，所以通常在十二点的末班车一过就可以打烊了。但昨晚有个常客喝得烂醉，直到凌晨一点还在店里没有走，惠利子收拾完之后离开店里时，已经一点半多了。回家时，搭了同一方向的老板娘打的车，在家门前下了车。惠利子记得两点回到家后，跟比比和妞妞打了个招呼，如此说来，应该是两点半躺下的。算起来，她昨晚的睡眠时间只有四小时。

四小时的睡眠时间，对于在外工作的三十二岁的家庭主妇来说，到底是长还是短呢？惠利子一边绞尽脑汁地琢磨这个问题，一边给在客厅里兴奋得转个不停的狗狗们喂了早餐，然后开始做她自己和老公吃的早餐，今天是竹荚鱼干、煎鸡蛋、凉拌青菜、大葱和油炸豆腐酱汤。

电饭煲里的饭刚煮好，弘司也洗完了澡，神清气爽地来到餐桌旁，受到了两只小狗非常热情的问候。

“真乖，真乖。比比和妞妞今天也是鼻尖发亮啊。不过，和它们比起来，你的脸怎么这么没光泽呀？”

“因为我是人呀。”

“我的意思是你的脸色不太好。昨晚工作到很晚？”

“比平时稍微晚了点儿。”

“别太累了，应该多睡一会儿啊。”

“嗯。不过，今天和尚美约好了，早上散步的时候见面。就是那个义卖会的宣传单，终于印好了。”

虽然惠利子的胃还处于睡眠状态，但面对一向食欲旺盛的弘司，她喝着热乎乎的绿茶，头脑渐渐清醒了。想起昨晚的一件事，惠利子苦笑起来。

“对了，我昨晚见到香槟王老爹了，他说养狗有什么用。”

“哦，就是那个香槟王老爹吧？他又开了瓶香槟吗？”

“嗯，但是他自己不喝。”

“哼，反正他们这些人对日本经济的恢复也起不了什么作用的。对了……”

弘司突然放下筷子，转身面向惠利子。

“我爸昨晚来电话了，说他们公司四月底就正式关闭了。”

“噢，爸爸到底还是……”

“后面的事情律师会处理的，你不用担心。我爸都快七十岁了，早就过了公司职员的退休年龄了……其实，在公司倒闭时退休倒是个好事。我妈也可以放心了。”

“如果能这样也好。下午去遛狗的时候，我顺道去妈妈那儿瞧瞧吧。”

“好啊，她一定会高兴的。”

一转眼的工夫，弘司吃光了早餐，穿戴整齐后上班去了。惠利子洗了个澡，洗掉头发和皮肤上的烟草味，然后，带着早已等得不耐烦的两只狗出去遛早。

上午八点。

大概是清晨的空气中混杂着让狗兴奋的调味剂吧，惠利子一打开玄关大门，比比和妞妞就争先恐后地飞奔到马路上去了。然而，每次与行人擦肩而过时，比比都全身僵硬，垂着尾巴站住不动。待售商品房和单身公寓混杂的这条街道上，这个时间段来往的人群中，百分之八十都是公司职员，因此牵着两条狗遛早的惠利子显得很突兀。即便是靠路边走，仍显得狭窄的马路上各种车辆川流不息。在这种地方，惠利子的视线一刻也不敢离开跑在前面的两只小狗。

沿着人行道一直往前走了大约十分钟后，拐过一座高高的公寓大楼，再穿过两个街区后，就来到了水鸟嬉戏的河边，视野一下子开阔起来。这是一条很宽的散步小路，不时会遇到正在慢跑或玩滑板的人。遛早从这里才正式开始。也许是因为在这条没有汽车和自行车入侵的小路上，两只小狗可以尽情地撒欢儿吧，它们一会儿没完没了地闻路边的树，一会儿又去追逐被风吹得漫天飞舞的树叶。小狗们不再一味往前跑了，优哉游哉地享受着遛早的乐趣。

惠利子也是一样，走到这儿，她才有闲工夫抬头看了看天。看样子，今天会是个好天气。薄雾笼罩着天空，太阳的轮廓还不那么清晰。尽管阳光犹如沉闷的铃声那样微弱而模糊，但轻柔掠过的微风已经带来了春天的气息。每年女孩节一过，清晨就渐渐暖和起来，每当打开玄关大门时，就仿佛撞到冰墙似的感觉也在消失。

惠利子牵着有点儿动静就前后左右乱跑的两只小狗，朝着跟尚美约好的长椅走去。虽然比约定时间早到了十分钟，但是尚美已经等在那里了。她牵着的红小豆脖子上套了个淡蓝色的项圈，很有春天的感觉。

“早上好。”

“早上好啊。你来得真早。”

“因为今天一路上都没碰到出来遛狗的熟人。嘿！干什么呢，红小豆！比比都不高兴了！”

“红小豆的新项圈真可爱！”

“这是堀先生送的礼物，它前几天满一岁了。哦，对了，堀先生还送来了宣传单。”

尚美从背包里掏出一沓B5大小的纸。在这些电脑设计的粗糙的单色传单正中，有一行电脑打出来的大字：“请您向无家可归的流浪狗伸出援手吧！”

“好的。咱们就从今天开始分发吧！”

“当然啦。这次的会场就在附近，我们能做的也只有宣传一下啦。我已经在鹤龟食堂和上田自行车行门口贴了传单。”

“山代兽医院的医生也答应帮我们宣传。喂，比比！你刚才把什么东西吃了？”

她们两人没有管对方叫“比比妈妈”“红小豆妈妈”什么的，从这点就可以看出，惠利子和尚美并不只是经常一起遛狗的人。她们从大学时代起就是朋友，现在又一起加入了一个叫作“寄养俱乐部”的小动物保护团体，成了志愿者。

虽说是团体，也就是个会员不足三十人的小组织。他们的主要活动是收留那些被主人遗弃的或是流浪狗等无家可归的小狗，暂时寄养在自己家里，在为它们找到新主人之前，负责照顾它们。也就是所谓的“临时主人”。比比寄养在惠利子家已经有两年了，妞妞才刚来一个月。尚美收留的杂交迷你柴犬红小豆，大概是三个月前才来的。

“对了，上周妞妞和收养人见面的事情怎么样了？”

“嗯……情况是这样的，一个有工作的妈妈跟她上小学三年级的孩子约定好，如果孩子想要领养小狗，那么小狗的生活就由孩子来照顾。”

“啊，这种情况以后会比较麻烦的。”

“我问那位妈妈，如果将来孩子不愿照顾小狗了怎么办？她说，家长说话不算话，对孩子的成长不利，所以绝对不会帮孩子照顾小狗的。虽然她这么说，但我觉得日子久了，她没准儿会对小狗产生感情，比孩子对狗还喜欢呢。可是一想到万一真像她说的那样，一概不管的话，我就怎么也下不了决心了。”

“你要是犹豫的话就算了。反正妞妞这么可爱，很快就会有新的领养人出现的！比比怎么样呢？”

“还是无人问津哪。没有比它条件更差的狗了，长得又不可爱……”

“有慢性病就是不利啊……喂！红小豆！你闻什么呢？”

互联网普及后，“寄养俱乐部”收养的小狗全部通过其主页来为它们寻找新主人。比比、妞妞、红小豆这种寄养在会员家里的小狗的照片被上传到主页上，注明年龄、体重以及性格特征。如果有人看到这些内容后联系他们，希望领养小狗，那么，主页负责人就会让领养人填写一份专门设计的问卷，确认了领养人的身份后，安排一个合适的日子见面。为了防止不道德的狗贩子装成领养人领走小狗，廉价卖给做动物实验的人，就必须认真确认领养人的身份。

当然，狗跟人一样，条件越好的追求者就越多，即不满一岁、不到十公斤、体内无寄生虫、驯服度高、外表可爱等。具备这一切优越条件的妞妞，一个月内已经见过两个希望领养它的人了。妞妞是一只小型猎獾犬与日本犬杂交的小狗，无论是它的小短腿，还是耷拉下来的耳朵，或者是一身金黄色的毛，都特别招人喜欢。很多人都说，看到主页上的照片，就对它一见倾心了。然而，当它真要被人领养的时候，那喜欢乱叫的坏习惯和优越感就成了障碍。“你瞧它那汪汪叫的样子，就像现在那些新潮小妞儿似的……”尚美叹了口气，说的这句话，就成了“妞妞”这个名字的由来。如果娇惯的话，妞妞很可能成为难管教的问题狗，因此，惠利子想，必须找个能管得住它的主人。

“那就周六神社见啦。”

“嗯，我想堀先生还会和你联系的。”

惠利子和尚美道别后，和红小豆闹腾得正欢的妞妞，依依不舍地站在原地不肯走，被冷落的比比独自颠颠地跑了起来。惠利子牵着两只狗，一边沿着河边的路继续向前走，一边留意着周围是否也有带着狗的人，顺便寻找可以发传单的对象。

惠利子拿着会员堀先生自掏腰包印制的传单，发给匆匆赶路的上班族，但收效甚微。说实在的，只有真正养狗的人才关心“护狗行动”这类陌生的字眼。要不就是中老年人，他们特喜欢狗，一直眯着眼盯着比比和妞妞看。即使锁定这类人群发传单，人们投来的眼神也更多是为难，而不是关心。

惠利子顺着散步小道走了一千米左右，过桥到了对岸，又朝来的方向走去。虽说发了二十多份传单，还是没有获得什么成效。

“给狗找个家？嗬，还有这事？真够新鲜的。”

“义卖会，是卖什么的？如今这年头，什么东西都去百元店买好了，那儿最便宜。”

惠利子听到的回答千差万别，绝大多数的人都是面无表情地说一句“啊，好的，谢谢”，便行色匆匆地离开，城里人都很会委婉地拒绝他人。

同为土生土长的东京人，惠利子能够理解他们的心情。这不是人的好坏或善恶问题，只是单纯的兴趣层面的问题。就像惠利子对相扑毫无兴趣，不关心草履虫的生态，无法理解一些人把自己的肥胖归咎于麦当劳，并向法院起诉一样。看到惠利子现在做的事，有的人顶多问一句：“那有什么办法？”如果是两年前，惠利子大概也会说一句：“那有什么办法？”漠不关心地瞅一眼传单就扔掉。

没干劲啦、伤自尊之类的个人情感，在这种时候，惠利子只能尽力克制着。这样坚持发传单，有时候会遇到真心支持寄养俱乐部活动的人，甚至有人会来参加义卖会。这就足够了，惠利子想。

“这是为保护无家可归的狗狗们而举办的义卖会。这周六在那边的神社举行，有空的话请您参加。”

惠利子又发了几张传单后，再次回到对岸，她快速走在上班人潮已退去的街上，结束了早晨的散步。妞妞特别喜欢散步，随着离家越来越近，它走得也越慢了，惠利子一不留神，就会被它带到岔路上去。“不行，不行。”惠利子不停地训斥它，比比总是用后爪扑棱扑棱地搔着耳朵后面，兴致索然地瞅着惠利子与妞妞的拉锯战。

费了九牛二虎之力，惠利子才把妞妞拉回来，快走到家门前的那条路时，她发现自动贩卖机前有个中年男人正盯着比比看，说不定他喜欢狗吧。

“您好，我是保护无家可归小狗的志愿者……”

惠利子走过去，正要递给他传单时，突然闭上了嘴。因为她发觉那男人注视比比的目光并不是善意的。

“这样啊。”那男人漫不经心地瞥一眼传单说道，“现如今，这种难看的杂种狗还真少见，原来是这么回事啊。”

惠利子刚刚因散步而暖和起来的身子骤然感到发冷。对人类的恶意格外敏感的比比，被男人的目光吓得瑟瑟发抖。

“必须保护比比，我必须保护比比。”惠利子这样想着，却说不出话。

“怎么这么说……”

惠利子好不容易开口说道。这时，妞妞突然从恐惧不已的比比身边飞奔而出，朝那个男人狂吠起来。喜欢乱叫唤是妞妞的家常便饭，但从没见它对人发起过这样猛烈的攻击。惠利子惊得目瞪口呆。也许是被妞妞的气势吓到了，那男人推掉传单，转身走了。

男人走的时候甩下一句：“世界上还有那么多人饿着等死，你们还有闲工夫救助什么狗。”

惠利子气得咬牙切齿，目送他摇晃的背影走远。然后，她蹲下来，轻轻抚摸着还在打哆嗦的比比，在它耳边小声说：“没事了，不用害怕，不用害怕了。”看到妞妞还在激动地狂吠，惠利子从后面紧紧抱着它说：“谢谢你，不用叫啦。”妞妞马上安静下来，又恢复了平时那种若无其事的表情。

惠利子把男人退回来的传单放进手提袋，陪着吓得半死的比比慢慢地走回家去。

上午九点。

早上散完步回来，惠利子用吸尘器打扫房间、洗衣服、收拾厨房……她每天都这么按部就班地做家务。唯独今天，她不忍心再用吸尘器的噪声刺激比比，想要稍稍观察一下它的情况。比比特别惧怕陌生人，尤其是陌生男人。回到家后，它仍然全身僵硬，就连听到乌鸦落在二楼屋顶的动静，都吓得瑟瑟发抖。

比比胆子小、神经质、爱撒娇，但这些并不是它的错，而是与它过去遭受的精神伤害有关。比比出生后大约一年的时间里，整天被原主人拴在潮湿的后院，全然不知墙外的广阔世界。而且它很可能受过主人的虐待。幸好寄养俱乐部的一名会员住在那家人附近，每晚听到比比的惨叫，愤而登门造访，那家男主人面对不速之客的到访也不以为然，反倒诉苦说："这狗小时候还挺可爱的，越大越不听话，我也正发愁呢。"当即同意"那就给它找个新主人吧"。

那时惠利子刚入会，比比初到她家，什么都害怕，既怕惠利子和弘司，又怕电视机，怕散步。它不仅怕其他狗，还怕大风和汽车发动机的声音，甚至连自己的影子都害怕。让它认识到这个世上也有不可怕的东西，不知道花了多长时间。当比比终于开始意识到这点的时候——咦，这个人或许不可怕吧，当它用那种眼神看着自己时，那莫名的情感波澜，惠利子至今无法忘记。一直被人看作"狗这一物种"的比比，头一次作为一个个体而存在，那一瞬间，惠利子的心中有了属于比比的新空间。

"喂，比比，你也得练练你的胆子，好不好？哪怕一点点也好，你要变强大哦。你长得又那么普通，要是老这么胆小的话，可就没人收养你了。"

比比在客厅的沙发上缩成一团，惠利子一边摩挲着紧贴着她身体的比比，一边对它念叨着。比比像现在这样任她爱抚，也是来到这个家一年多以后才长进的。

相比之下，那个妞妞从一见面就在惠利子的脸上舔来舔去的，现在依然精神头儿十足，在楼梯上上蹿下跳的，简直成了它自个儿的运动会。妞妞是寄养俱乐部接到突然决定要去国外工作的一家人的求助而收养的狗，可能是被以前的主人宠坏了吧，妞妞过于自由放任，在家中随意乱窜。与人一样，狗的运气也有好坏之分，自然而然地妞妞就养成了这样的脾性。

比比支棱着耳朵，一副御敌来袭的架势。过了一会儿它发出悲惨的叫声，转过头看着惠利子，像往常一样，一副无辜又充满歉意的眼神。它是一只有着极普通的红褐色短毛的小狗，长着会让人联想到小偷的黑色胡子的嘴脸，个性内向，干什么都慢吞吞的。来自己家不久，惠利子就发现它肾有毛病。它好像深知自己的条件已经糟糕到了无人领养的地步，连惠利子都不忍面对它那悲戚的表情。

电视机开着，没什么可看的，连续播放着早上的综合新闻，是一些和昨天、前天、一年前相比毫无好转的案件。杀人。未成年人犯罪。虐待儿童。集体自杀。药物问题。政治家的贪污腐败。别国的纷争与战乱。最近好多阴暗面的话题，真是令人郁闷。全都是些棘手的案件。油嘴滑舌的解说员，一如昨天、前天、一年前，重复着一样的话。真是没办法啊。更恶劣的是，这些富有戏剧性的新闻只是接连发生的事件中的一小部分。在现实生活中，连新闻都上不去的无数悲剧，日复一日地折磨着人们。家人生病、死亡。意外事故。裁员。被追债。中小企业破产。自杀。除了救助狗之外，值得我们伸出援手的对象比比皆是。

“世界上还有那么多人饿着等死，你们还有闲工夫救助什么狗。”

一回想刚才那个男人的话，惠利子就感到心痛。她不能断言自己做的事情就是对的，而且她原本不是为了这个才这样做的。

那么，是为了什么呢？

这两年来，惠利子总是抱有这样的疑问。

简单地说，是顺其自然吧，感觉有些沮丧的惠利子这样想着。

睁开久闭的双眼，出现在惠利子面前的，不是睡着的老人，不是受虐待的孩子，也不是远在别国的难民，而是被人丢弃又被人捉去的无数只狗。它们的眼神、它们的叫声都太真实了，以致惠利子无法视而不见地走过去。

恰好两年前的初春，惠利子去了猫狗收容中心，这是一家国营机构，里边关着被遗弃的狗、迷路的狗，还有一些狗是主人不愿养了，被送到了这里。

契机是尚美打来的一通电话。

“哎，之前和你说过的志愿者的事，要是真想做的话，能陪我去个地方吗？”

尚美从大学时代就个性爽朗，富有领导才能，惠利子曾经暗暗地崇拜过她，但毕业后她们一个成了家庭主妇，一个成了单身药剂师。或许因为处境不同，两人只保留着互送新年贺卡的往来。再次开始产生联系，是几年前尚美搬到惠利子家附近以后，两人时不时在附近的吉见喝喝茶。尚美仍保持着与学生时代无异的青春活力，惠利子对此惊叹不已。一天，惠利子从尚美那儿听说了志愿者活动的事，就条件反射似的说出“我也想做”。

那时，尚美一再强调，这工作如果不是非常喜欢狗的话是做不了的，她好像仍然在担心什么。

“百闻不如一见。与其说这说那，不如让你亲眼看看。”

“看？看什么？”

“收容中心。就是通常说的在保健所的狗狗们。”

现在想想，那或许是一种合格测试吧。尚美是在试探惠利子，看她有多少真心。对于养尊处优的家庭主妇惠利子而言，能做得了这份志愿者工作吗？

其实，当时惠利子一点儿心理准备都没有，只是对保健所里到底有什么有点儿兴趣，就跟着尚美上了车，在一个眼生的叫八幡山的地方下了车。对于收容中心究竟是个什么地方，她全然不知。

收容中心位于从八幡山站步行大约十五分钟的国道边上，

乍一看不过是个极普通的四方形建筑，想不到里边会有狗的狂吠声。但往里踏进一步的话，祭奠被处死的狗的慰灵碑、放养狗的场所、搬运猫狗用的箱子等，一个个充满含义的意象进入惠利子的眼帘。一个像是工作人员摆放自行车的地方，不知为什么吊着巨大的沙袋。不只是动物，在这里还感受到了来自人的沉重压力，惠利子感到汗毛都竖了起来。此时，旁边传来了尚美的声音："去年这里收留了近一万五千只猫和狗。"

"其中的一万两千只被处理掉了。"

"……处理掉了？"

"这里收容的狗只有七天时间，在这期间如果没有人来认领的话，就会把它们转移到大田区城南岛的另一个收容中心去，用二氧化碳杀死。"

但是，这里面也有幼犬、性情敦厚的狗或有望再次被领养做家犬的狗。工作人员根据一定的标准，把他们认为具备这些可能性的狗留下来，对它们进行培训，以便送给普通家庭。包括寄养俱乐部在内的市里的保护团体，也和这个收容中心合作，帮忙寻找领养人，来挽救这些处于能否继续活下去的分界线上的狗——

在倾听尚美讲述的过程中，所里办公室指派的带她们参观的工作人员来了。

"你好。"

"啊，一直承蒙关照。"

抓狗的和解救狗的——按理说，女工作人员和尚美应该是敌对的关系。但是，同样珍惜动物生命的心情，使两人像熟人一样亲密地交谈着。看来尚美来过这里多次了。

即便这样，当真正要踏入狗的存身之处的时候，尚美突然像孩子似的害怕地深深吸了口气，惠利子仿佛能够感受到她呼吸时发出的震动。紧张、恐惧和恨不得逃走等情绪纠结在一起，惠利子还记得那时候，面对这样不同寻常的气氛时，自己竟然感到有一丝兴奋。

她即将看到的是某种戏剧性的悲剧。潜藏在门里面的是日常生活中触及不到的、埋葬至今为止一切人生观的、彻底撼动自己所属的人类的一种致命的冲击吧，惠利子想。

但是，实际上，那里有的只是投影于惠利子等人的日常生活中的悲剧的一部分。那是大多数人不愿面对，或者是一开始就视而不见的令人愧疚的现实。如果那里曾经有过超出自己理解的惨剧，或许惠利子反而可以暂时夸张地狼狈撤退。但是，正因为那是在自己所能理解的范围之内，所以惠利子的腿被痛楚和无能为力拖住了，当自己察觉的时候已经动弹不得了。

总的说来，环境还算干净，有空调，所以没有大小便刺鼻的味道，气温也适中。所以，微微的寒意，应该不是透过肌肤，而是通过其他器官钻进心里的吧。远处传来不安的犬吠声，那是声嘶力竭、虚张声势的威吓。走进收容中心，最先出现在眼前的是小型狗、老狗和受伤的狗，它们被隔离在各自的笼子里。那天有八条狗，每条狗都从上了锁的铁栅栏里惧怕地瞅着她们，想要从这里出去。有的狗搞不清楚自己为什么会在这里，狂吠不止；有的狗则是因为明白自己为什么在这里而害怕，叫个不停；还有的狗已经叫累了，抬着头，半是达观的眼神在空中游移，拼命地向惠利子等人摇尾乞怜。

狗也是有感情的。可是，对这一理所当然的事实，惠利子偏偏在这样的地方第一次亲眼目睹。对于这突如其来的感情，她不知该如何去面对或者躲避，一直伫立在那里。

惠利子以前总觉得狗就是狗。就像相扑、草履虫、起诉麦当劳的人一样，狗对于惠利子来说是八竿子打不着的事物。那些猫啦、鹦哥啦，还有庙会的金鱼也一样。惠利子从来没想过要养只宠物，她对于人之外的生命从来都很淡漠。但是眼下，如果没有人伸出援救之手，七天之后这些狗就要葬送生命。面对它们，惠利子不得不承认这些狗的生命也如同人的生命一样是活生生的。

惠利子挪动着顿时变得沉重的脚步，继续和女职员、尚美一起沿着通道向前走。出现在她们眼前的是关中型犬和大型犬的宽阔铁笼子，以六个榻榻米大小为单位分割开来。每个空间里都关着几条狗，里面也有拉布拉多犬和赛特猎犬等纯种狗，其中格外引人注意的是狼狗级别的大型犬，它们在这样没有安全感的环境里感到惊恐、疯狂、拼死想要逃脱的情景，与小型犬没有任何不同。表面看起来很顽强的日本犬也吓得四肢发抖，一边滴着口水，一边吭吭哧哧。刚一感觉到三人的气息，这些狗就一齐狂吠起来，在笼子里不安地走来走去，仿佛在拼命诉说着等待自己的不透明的未来：“我在这里，我被关在这里了。”每一条狗都全神贯注地等待着，等待着自己坚信的主人，等待着能够安心生活的地方，等待着自由。

“东京几乎已经没有野狗了，所以这里都是被人遗弃或者是迷路的狗。偶尔也有主人对自己的狗束手无策，亲自送到这里来的。不过，这种狗不须等待七天，而是被送来的当天就转移到城南岛处理掉。”

尚美大概是早就习惯了这样的场景吧。只见她走到隔着两侧的铁栅栏前面蹲下身，对着无助地摇着尾巴走上前来的狗轻声说道：“放心吧，主人一定会来接你的。”

“虽说是保护行动，我们能救的还不到其中的十分之一。如果要救所有的狗，人力、资金都不足，真这么做的话，这个保护行动就只能告吹。所以我脑子里一直考虑的，不是自己救出这里面的十分之一的狗，而是对十分之九的狗只能见死不救的问题。”

对这里的十分之九的狗只有见死不救。如果你也做好背负这样的心理负担的准备，那就加入我们中间来吧——

对着神情恍惚地走出中心的惠利子说出这些话的尚美，大概心里并没有对惠利子抱什么期望吧。她的眼神在说：惠利子做不到，无法胜任这个工作。同时，惠利子心里也在想：我不行，不可能做到的，别人的弃犬怎么度过最后的日子本来就跟自己毫无干系的嘛。

但是，那天夜里惠利子翻来覆去睡不着，隔着铁栅栏看到的那些狗的样子，又浮现在她脑海里。她想，又来了，唉，我已经和它们有了关联。这大概是自己有生以来第一次主动去“管闲事”吧。

每次开电视、翻报纸，都可以看到很多悲惨的报道，或者是棘手的难题，其中很多是超乎惠利子的理解能力的。在思考自己到底能够做什么的时候，其实是在面对自己的无能为力。所以，很久以来惠利子放弃了思考。她只是一个家庭主妇，根本没有能力解决这些问题。学生时代，她也同样认为自己不过是个学生而已。

只要不去管这些事，惠利子的日常生活依然很安稳，风平浪静，顺顺当当。单身时代有父母保护自己，结婚以后有丈夫可以依赖，她在家庭这个王国里可以无忧无虑地生活。

可是，在她的内心，总是存在着无形的疑问，自己就这样舒舒服服地直到老死吗？

转机就像是一件小事一样若无其事地潜入了惠利子的日常生活。

那天，惠利子像往常一样，走进了带着比比和妞妞去河边散步时经常光顾的一家意大利餐馆。这家餐馆提供价格合理的午餐套餐，还有一个可以让人独自清静用餐的吧台，午餐时间常常坐满了像惠利子一样的家庭主妇，谈笑风生，非常热闹。两个坐在惠利子正后方圆桌旁的女人，好像也是三十多岁的主妇。

"真是不可思议，为什么要用我们缴纳的税金去给那些没脑子的日本人擦屁股？"

她们两人在吃东西的时候，热烈地讨论着当时的热点话题——美军从战火中成功解救了三名遭到伊拉克恐怖组织绑架的日本人。

"他们美其名曰说是为了什么正义啦、和平啦，以为自己做了很了不起的事，可是，何必非要去正在打仗的国家呀，对吧？"

"出名啊，为了出名呗。现在的年轻人不是靠成就让自己出名，而是先让自己出名之后，再考虑要做什么。记不得是谁说的了，对了，就是那个很有名的评论家。"

"日本政府不是不让国民去伊拉克，说那里很危险吗？可他们还是去了，被抓了后，还要用我们缴纳的税金去支付他们的赎金……真不像话。应该让他们自己去承担责任。"

"就是，自己承担责任。"

这种看法是当时日本社会舆论的主流，惠利子也随大溜地对那三个得到解救的人投去批评的眼光，以此表明向国家纳税的自己，有权力审判那三个没有脑子的年轻人。她虽然嫉妒他们的决心和行动力，对他们的做法却表现出不屑的态度。

然而，那天中午，背后突然传来的和自己同样抱着傲慢态度的那两个女人的声音，却令惠利子感到非常滑稽可笑。她们在这个风和日丽的午后，一边喝着葡萄酒，吃着佳肴，一边贬低斥责想要为他人做点儿什么的年轻人。尽管不是自己，而是和自己很相似的其他人的声音，也让惠利子感到无地自容般的羞愧——不，也许是因为那个声音和自己太像了，才会感到羞愧吧。

迄今为止，自己为那些可以视而不见的人或事做过什么吗？

来不及等套餐的甜点送来就离席而去的惠利子，在回家的路上一直在反省。

她没有得出答案。

听尚美对她说出“义工”这个词，是在几天以后——惠利子好不容易才把那些羞愧和对自己的失望克制在意识表层。

惠利子不知不觉在沙发上打起盹儿来，迷糊了一小时。突然醒来时，她发现比比趴在自己胸前，脚底下妞妞背贴着她，和她一起睡着了。呼，吸，呼，吸。两只狗的身体随着各自的呼吸起伏着，惠利子的皮肤能够感受到真实的生命触感。它们那酣睡的模样叫人百看不厌。可现实的问题是，惠利子不可能一直看着它们。

惠利子把两只狗留在沙发上，起来吸地、洗衣服、收拾厨房……她按顺序完成了日常家务，然后，悠闲地泡了一杯咖啡，在客厅的桌子上打开了笔记本电脑，从寄养俱乐部网站确认收养流浪狗的状况，给昨天新收养了狗的寄养主人寄贺信。然后又看了电子邮箱，今天收到了两封让人心情愉快的信。

对于暂时收养流浪狗的人来说，最高兴的莫过于接到流浪狗的新主人写来的近况报告。体重增加了，耳朵竖起来了，学会上厕所了，带它出去散步了，第一次带它去海边了，买菜回来后，看到它把垃圾箱弄翻了。无论是什么内容的近况报告都让惠利子激动万分。她把附件里的狗的照片打印出来，放进相册里。当她认真回复完了每一封邮件后，时间早已过了十二点。

惠利子的午餐通常是凑合吃点儿早餐剩下的。下午去附近的商店街买菜、给弘司准备晚饭、收进晾干的衣服、熨衣服……做完下午的家务事后，才到了属于惠利子自由支配的时间，她或看报纸杂志，或写比比和妞妞的成长日记，一转眼短暂的休息时间就过去了。到了下午的遛狗时间，刚刚还在安静睡觉的比比和妞妞已经结束充电，开始释放积蓄的能量了。

下午三点，当渐渐西斜的夕阳分分秒秒改变着万物色彩的时候，就是下午的遛狗时间。惠利子即便说“才两点呀”，也别想骗它们。它们用头蹭着惠利子的脚，怪声怪气地叫着，拱起地毯表示抗议，没法子，惠利子只好再次拿起狗链，站起身来。

下午遛狗一般不到对岸去，只是沿着河边的散步路一直走到公园。那是个生长着很多半野生的繁茂树木的自然公园，一天到晚，都有许多狗聚集在中央开阔的广场上追逐嬉戏。

这一天，惠利子也见到了几只熟悉的狗，她立刻把举办义卖会的宣传单发给它们的主人。

“啊，又要举办吗？”

“是星期六。一起去看看吧。”

这些狗的主人由于平时经常见面，果然反应不一样。她们很了解惠利子的工作，也很积极地给她提供谁家想要收养狗的信息。交际花妞妞跟每只狗一一打招呼，每只狗也都喜欢跟它玩摔跤游戏。但是比比……顽固地不看任何狗，和其他狗保持着距离，在一边埋头挖土。

“比比还是这么独来独往啊。”

“真的，很有那种沉默寡言的手艺人的感觉，别具一格啊。”

“谢谢。就是长得太不起眼了。”

“不过，比起以前来，可是开朗多了。”

惠利子对寄养俱乐部的了解在逐步加深，这些遛狗时经常遇到的女人，也随之对寄养狗的性质越来越理解了。但是，一些不太熟悉的人还是对此抱有很大的误解。

“义工呀，真是不错啊。不过，听说时下反倒流行起了杂种狗呢。由于狗的长相是世界上独一无二的，反而能卖个好价钱呢。这两只狗要是也能卖出好价钱就好了。”

跟这种人解释义工是怎么回事也没有意义，每当此时，惠利子会立刻走开。

实际参与到这个工作中去，惠利子才知道，许多人一听到“义工”两个字，就会流露出“表面上行善，其实是在捞钱”的表情。他们深信不疑，无论什么事，只要深入调查，都会发现其中暗藏的利害得失。

买狗食、打疫苗、预防血丝虫病的药费、比比的医疗费、宠物垫等消耗品的花费，事实上每个义工不仅拿不到一分钱报酬，自己支付的费用反而越来越多。靠总部收到的捐款和义卖会的收益，根本无法维持这些开销，很多义工都是自己掏腰包照顾这些流浪狗。对现在的惠利子来说，从前在有档次的餐厅里优雅地享受午餐的时代简直恍若隔世。

其实，绝不是现在的家境迫使她出去工作的。惠利子的公公经营着一家进口贸易公司，为儿子媳妇盖了一座独门独院的房子，所以她不需要为还贷而烦恼，过着令人羡慕的生活。

“哎呀，是比比，还有妞妞啊，好想你们噢。惠利子，快进来，快进来。”

带着两只狗在杂木林中玩了一会儿后，惠利子又通过做游戏的方式训练了一下还没进行过调教的妞妞，然后绕道去了距离公园仅十分钟路的婆婆家。虽然从惠利子家走到这个独门独院的婆婆家不到十五分钟，但也许是怕打扰儿子媳妇，公公婆婆从来不去他们家。惠利子也是开始养狗之后才开始去婆婆家，比丈夫弘司更喜欢养狗的婆婆，可没少给惠利子帮忙。

教狗吃食、定时定点大小便，不让它们乱咬人或扑到别人身上，可以说都是婆婆的功劳。

“妞妞乱叫唤的毛病最近好点儿了吗？”

“还是那个样子。在家里的时候还比较安静，刚才在公园，就数它最闹了。只要听到狗乱叫唤，准是妞妞。”

“嗯，看来狗也有个性啊。与其让妞妞不乱叫，不如帮它找一个它可以想叫就叫的主人。”

“我常跟弘司说，北海道那种独门独院的房子最理想了，和邻居之间隔着一百米远。”

婆婆和惠利子在客厅里聊天时，妞妞在走廊上跑来跑去，就像在自己家里似的，比比也占据了给客人用的坐垫，还打起了呼噜。

除了惠利子和弘司外，婆婆是比比唯一能够接受的人。比比来婆婆家时，曾经在玄关因为害怕而尿失禁，能够做到今天这一步，全都因为婆婆有足够的耐心。

“对了，我听说爸爸准备关掉公司了。”

“是啊，他一直在考虑这件事，现在终于下决心了。”

“爸爸那么喜欢工作，退下来以后会特别寂寞吧。”

“是啊，不过他现在已经变了许多。自从两三年前……公司的生意渐渐冷清起来，节假日他就开始去赏花、看枫叶了，所以比较想得开了吧。其实，我倒是希望公司干脆倒闭算了。”

婆婆半认真地说完，呵呵笑了。惠利子不知该跟着一起笑，还是该表情严肃地低下头好。正在惠利子不知如何是好时，妞妞可能是自己玩腻了，从拉门的缝隙跑进来，一个劲儿地叫唤起来。比比被它吵得坐起来，躲到婆婆身后避难。

“比比还是老样子啊。”婆婆把手绕到比比耳朵后面，叹了口气，“惠利子，我问你，比比的新主人找到了没有？能不能找到一个真正懂得这孩子的优点的主人呢？”

比比的耳朵后面似乎是它的软肋，只要有人挠那儿，它就一下子瘫软下来，袒露出整个肚皮来。以后真能找到让比比这么毫无戒备的新主人吗？

“我没有放弃。不过，它的肾脏病是个很大的问题……虽说有病，但只要每月按时检查，吃药，按照兽医的方子喂食，就没有问题。可是既然养宠物，一般人都愿意收养健康的狗。而且它性格这么孤僻，所以老是找不到人家也不奇怪。”

“要是养它两年的话，惠利子也会离不开它了吧。”

“不会的，我只是寄养主人……因为比比的这种性格，比起我这样经常有其他流浪狗出入的家庭来，不如找一个只养它一只狗的地方，在那种稳定的环境里，它也可以安心地生活。为每一只流浪狗找到合适的家庭，就是我们的工作。”

“对呀。其实我也是这么想的，跟你爸爸已经商量过了。”

“啊？”

“他退休以后，也没什么事可干，所以，我们想申请收养比比，可以吗？”

婆婆这句话，很出乎惠利子的意料。她不解地抬起头，虽然还无法完全明白这句话的意思，但仿佛有一只无形的手指在拨动着她的泪腺似的，视野渐渐模糊起来。

“可是……那个，爸爸不是讨厌狗吗？开始的时候，对比比也……”

“是的，不过，他已经变了，惠利子，你也知道吧。”

也许是心理作用，惠利子觉得婆婆似乎也眼泪汪汪的。

是的，直到几年前，公公还是个满脑子只知道工作的人，还是个大男子主义的人，最讨厌养宠物了，当初，还曾经竭力反对惠利子把比比带回家。

那时候也赶上惠利子夫妇已经结婚快六年了，却没有一点儿生孩子的迹象。尽管他们自己很看得开，认为这样也没关系，但周围的人不这样看。除了公婆以外，住在世田谷区的惠利子父母也渴望抱孙子，长辈们都等得不耐烦了。所以，当惠利子把流浪狗带回家时，恐怕大家都认为，啊，他们到底是放弃生孩子，开始养狗了。

“既然是无偿奉献，难道不是应该做一些对社会更有意义的事吗？”

惠利子到现在还记得，那一天从来不到他们家来的公公，气呼呼地亲自登门的情景。

“可是，惠利子已经把狗带回来了。老爸，你就干脆把它当成是长毛的孙子吧。”

“狗就是狗，不可能是孙子。”

后来，弘司和公公持续了好几个月的冷战。惠利子自然不能对为他们小两口盖了房子的公婆一直不闻不问，幸好和喜欢狗的婆婆联合作战，才慢慢地让公公接纳了狗。

开始的时候，即便是惠利子在遛狗途中去了婆婆家，公公也是冷淡地让她“把狗系在院子里”。但是，在婆婆的帮助下，公公的态度逐渐软化到了“留在玄关”，后来又变成了“只要让它在走廊上就可以”。进而发展到了“可以进客厅，但不能碰坐垫”，变成了“要不要买一个狗床”，变成了“我给比比买了个玩具”，变成了“小比比，过来，过来”——有一天，惠利子正和婆婆聊天时，比比不见了，她赶紧去找，看见它竟然蜷缩在公婆卧室的床上，公公正把自己的小毛毯轻轻地盖在比比身上。公公一回头，正好和惠利子视线相遇。惠利子每次想起公公那尴尬的表情，就高兴得热泪盈眶。

“我也很感谢惠利子和比比。我从小生活在一个爱狗的家庭，一直觉得家里有狗是理所当然的。结果，偏偏和一个不喜欢狗的人结了婚……我本来以为这辈子都不会再养狗了，没想到他竟然有这么大的变化。原来你爸爸老是很厌烦地问我，那狗还没有找到人家吗？最近他反倒担心起来了，问我万一比比找不到新主人，怎么办哪……其实，我和他都不希望比比被人领走，希望它一直留在身边。惠利子，你也和我们是一样的心情吧？”

惠利子不想在别人面前表现出伤感，她不想将狗可爱或可怜这样的理由诉诸感情，去打动别人，而是希望可以真实传达自己所从事的活动或狗的性质，把需要保护的狗托付给能够真正理解它的人。出于这样的考虑，惠利子平时极力克制自己的感情，但当听到婆婆提出的令人欣喜若狂的建议时，她的理智已经不见了踪影。

“这么说……我不必和比比分开，以后随时都可以见到它吗？”

“当然了，比比肯定也不想跟你分开。”

“妈妈真的，真的不嫌弃比比吗？它有病，胆子又小，而且长得也这么一般……”

“哪里，比比姑娘可是个美人呢。你不觉得吗？”

惠利子直视着婆婆，看到她那真诚的眼睛的瞬间，眼泪顺着她的脸颊扑簌簌流到了脖子上。

“其实，我也这么觉得。虽然比比长得不那么出众，但仔细端详，会觉得它长得凹凸有致，很耐看……说它长相可爱，不如说是个美人坯子。有时候，它挑起妩媚的眼睛观察人的时候，真有点儿像《乱世佳人》里面的费雯丽……”

“也很像原节子年轻的时候，而且，比比叫的声音也很好听。”

“是的，虽然它很少叫，但偶尔叫的时候，声音很动听，很清亮……”

“那是因为它内心很纯净，看看它的眼睛就知道。因为它曾经受过虐待，所以个性有点儿扭曲，但是我经常跟你爸爸说，其实比比是个天使般的孩子。”

“就是，就是。虽然我们收留过各种各样的狗，但无论是调皮捣蛋的狗，还是逞能要强的狗，或因为长期流浪而变得瘦弱不堪的狗，比比都绝不会排斥它们或欺负它们，总是宽容地对待每一只狗……它真的，真的是很善良的孩子。”

“我想它心里肯定很想独霸惠利子的。以后，在我们这里，我们会好好疼爱它的。”

“妈妈，其实，我也很想好好疼爱比比的。可是，这样的话，以后分开了，会更加痛苦，所以才一直克制……”

“以后你不需要再克制自己了。我和你爸爸领养了比比之后，你可以每天来看它，好好疼爱它。”

“妈妈……”

“惠利子……”

当婆媳二人敞开心扉的谈话告一段落时，窗外的天色已经暗了下来，连活力无限的妞妞也在比比旁边缩成一团睡得死死的。对人类的感情十分敏感的比比，起初还一直在舔惠利子的眼泪，似乎在问她哪儿疼、哪里不舒服似的，但最后还是困得再次睡着了。看着它熟睡的脸，想到它终于找到了好归宿，惠利子长时间地吻着它的脸。

“领养比比的事，真是太感谢妈妈了。我会马上告知其他会员的，还有弘司。”

临走时，惠利子恭恭敬敬地给婆婆深深鞠了一躬。婆婆笑容满面地说道：“比比的事就交给我们吧。我经常和你爸爸说，如果什么时候惠利子生了孩子，也可以把妞妞送来，我们一起养。”

公婆仍然没有放弃抱孙子的希望。

惠利子内心虽然掠过一丝苦涩，但还是很感谢婆婆的好意。黄昏时分，她一路上留神着穿梭的车辆，牵着两只狗回家了。

晚上七点。

仿佛开在路边被人遗忘的紫丁香般的有些俗气的紫色招牌亮

了灯，“休闲酒屋”的夜晚已经拉开了帷幕，刚开始营业的店内还没有客人。“先吃点儿东西，才不会喝醉。”在妈妈桑的告诫下，店里的女招待们吃起了炖菜和土豆沙拉。做得一手好菜的妈妈桑尤其擅长这种家常菜，不少熟客就是为吃这个而来的。“怎样才能做出这种黏黏的感觉啊？我平时做的土豆沙拉，老是清汤寡水的。”“哦，这是土豆品种的关系，如果想要做黏糊糊的土豆沙拉，最适合用mayqueen马铃薯[1]。”这些有着家庭气息的聊天，会在第一位客人到来的时刻戛然而止。随着店内的席位渐渐坐满，小姐们的声音也变得娇柔起来。

一看到滨尻出现在店门口，妈妈桑哟了一声，站在原地发呆，连挤出她嘴角迷人的酒窝，送上一声“欢迎光临”都给忘得一干二净。因为在妈妈桑的记忆中，这位每个星期来一两次的好主顾，第一次连续两天晚上都来店里。

“我太想知道‘牛肉盖饭’是怎么回事了。”

滨尻即使一个人来店里，也理所当然地占据最里面的座位，而且，一向是一进门就直接对妈妈桑说：“开一瓶香槟王。”可是今天，他连这句话都没说，就催着惠利子接着昨天的话茬儿说下去。

已经把昨晚的事抛在脑后的惠利子，坐在滨尻旁边，一边为

1 一种从英国引进的北海道优良马铃薯品种。

他调着哈珀纯酒，一边飞快地搜索着记忆。牛肉盖饭……想起来了，昨天谈论的是狗的事。滨尻问她，为什么要干活挣钱养狗。

“其实也没多大意思。”

惠利子显得有点儿惶恐，滨尻哼了一声：“我在这家店，从来就没有听到过什么有意思的事。”

“太伤人心喽，滨尻先生。”坐在对面的座位，陪其他客人的阿熏噘着嘴嗔怪道。

惠利子只好实话实说了：

“上大学的时候，同一个兴趣组的学长每天都吃牛肉盖饭。他真的很喜欢吃牛肉盖饭，所以，他总是用牛肉盖饭来衡量这个世界上的一切。当时一碗牛肉盖饭四百日元左右。比方说，看一场电影的费用是一千六百日元，我不知道这算是贵还是便宜，但对这位学长来说，就很简单了。他说，一千六百日元可以吃四碗牛肉盖饭，所以很贵。他还说，除非电影超好看，否则，根本不值四碗牛肉盖饭。大家一起去买东西，犹豫不决要不要买T恤时，他还是以牛肉盖饭作为判断标准。如果有买T恤的三千日元，可以吃七碗牛肉盖饭，因此，要看这件T恤，到底值不值得花七碗牛肉盖饭的钱。他总是这样非常认真地，通过牛肉盖饭看这个世界。”

“真是个笨家伙。”

听到滨尻这个评价，惠利子扑哧一声笑了。

“是啊。不过，那时候我很羡慕他。因为，这个以牛肉盖饭为中心的世界实在太不可动摇了。我却完全相反。因为我并没有像他那样的牛肉盖饭的衡量标尺，所以，总是借用别人的标尺。比方说，必须仰赖男友啦、朋友啦或是父母的意见，没有主见……”

“在狗来到我家之前，”惠利子说到这儿，稍稍提高了嗓门儿，“第一次寄养的狗……叫比比，来我家后不久，就发现它有肾脏病。虽然不至于有生命危险，但兽医说，必须注意每天的饮食，所以，开出了专用的狗食罐头处方，一天要八百日元。每天都要花八百日元。老实说，这笔开销很大。开始时，我付钱的时候感觉很不情愿。但过了不久，竟然变成了我的牛肉盖饭……如果不去餐厅吃午餐，就可以给比比买两天的罐头；省下去美容的钱，就可以买二十天的罐头。开始这么想以后，以前散漫的日常生活突然变得可以信赖了，好像多少可以相信这个世界……或者说，相信自己了。”

然而，无论去做美容，还是用在狗身上，都是弘司辛苦赚来的钱。当惠利子发现自己是靠丈夫的收入从事公益活动时，觉得自己又面临着新的障碍。她花了很长的时间说服感觉为难的弘司，决定瞒着公婆出去工作，不光是由于对不知道到底会收容多少流浪狗感到不安，更有内心的这些纠结。

“可是，为什么要打夜工？你又不用愁钱花，白天去打工也可以啊。”

“白天我要带狗去散步。”

“带狗散步啊？”滨尻故意重重叹了一口气，“的确是没什么意思的故事。”

那天晚上，滨尻一直没有开香槟王，惠利子以为是自己扫了他的兴，心情很郁闷。

但是，滨尻走的时候，惠利子和阿熏像往常一样把他送到门口时，滨尻突然塞给她三万日元，问道：“这些钱可以买几天的狗食？”

“一个多月。”

惠利子有点儿吃惊，但还是立刻回答。她已经能够条件反射般地迅速计算出三万日元可以吃一个多月。

“那就去买狗食吧。反正都是三万日元，对我来说，买香槟王和买狗食都无所谓。不过，买狗食不能报销，这种胡闹只限于今天晚上啊。女人就是爱得寸进尺，麻烦得很。下次不要再对我抱什么期待啦。”

站在与夜色抗衡般的紫色招牌前，惠利子默默地看着突然塞到自己手上的三万日元。“哎呀，小惠利，真让人羡慕死了。”阿熏在一旁用娇滴滴的声音说道，“真不愧是滨尻先生，够大方！小惠利，今天真是交了好运啊。”

阿熏双手抱着滨尻的胳膊，用眼神示意惠利子：“好了，赶快收下吧。”

“谢谢你，比比也一定会很高兴。”

惠利子也表示了谢意。“傻瓜。”滨尻张大嘴巴笑起来，“狗怎么会高兴啊，只有人看到钱才会高兴。”

酒吧打烊后，和往常一样，跟妈妈桑一起搭计程车回家时，惠利子忍着哈欠，从皮包里拿出那笔钱来递给妈妈桑。

“这是滨尻先生给我的，叫我去买狗食……那个，所以他今天没开香槟王。”

“是吗？”妈妈桑一晚上挂在脸上的妩媚笑容已然不见踪影，她望着车窗淡淡地回答说，“那你就去买狗食吧。”

“狗食的钱，我要自己去赚。我是为了告诉他这个，才说了那些话的……现在看来失策了。总之，我不能要这个钱。”

“是吗？为什么呀？如果你不愿意用它去买狗食，可以和你老公一起去吃韩国烤肉啊。”

“韩国烤肉？”

“这是与即使开了也不喝的香槟王有相同价值的三万日元，你可以想怎么用，就怎么用。”

虽然明知道自己是在逞强，但惠利子就是不想用有钱人心血来潮施舍的三万日元买比比的罐头。对呀，韩国烤肉或许是个好主意。惠利子觉得放心了，凝视着手里的钱。大概是因为刚才一直在说牛肉盖饭、牛肉盖饭的关系吧，韩国烤肉这几个字突然听起来格外诱人。弘司最喜欢吃Kaibi[1]了，何不利用这个机会，在韩国烤肉店为比比终于找到主人好好庆祝一番呢？不，应该邀请好久没有一起外出用餐的公婆，庆祝公公开始新的人生旅程。这三万日元足以让四个人大吃一顿，如果钱还没花完，还可以给比比和妞妞买个新玩具。

“那我就恭敬不如从命，去吃一顿韩国烤肉了。”

惠利子向忍着哈欠的妈妈桑低头致谢，再次把钱放进了皮包。她想象着那两只将会摇头摆尾地迎接自己回家的狗，在疲劳而又充实的感觉中，盼着计程车尽快开到每天遛狗的散步道。

---

1 Kaibi，韩语，硬五花肉。

守护神

这回绝对不能输。绝不能示弱。一步都不能后退。

在前往西行美由纪等候的208号教室的路上，裕介就像走在花道上的相扑力士那样，雄赳赳气昂昂的，一边走一边和见缝就钻的怯弱搏斗着。长得仿佛没有尽头的昏暗走廊上，连个人影都没有，安静得瘆人。

临放寒假前，虽说校园里到处是来参加后期考试和交小论文的学生，但208号教室所在的20号楼位于远离这些杂沓纷扰的校园边上。自从被遮挡在它旁边新盖起的校舍阴影里后，208号教室几乎不再作为教室使用，主要用于学生自习或学习会之类。

与自习或学习会根本无缘的裕介，已经有一年没来这栋楼了。去年冬天，他也是在这个时候，沿着这条走廊去的208号教室。裕介还记得，这座没有空调设备的旧校舍，越往里走感觉越阴森，使他的心情和步履都不禁沉重起来。这也许算是那次惨败的要因之一。今年裕介吸取了这一教训，全副武装了一番，还围上了两年前分手的女友给他编织的围脖。这条围脖又硬又厚，一围上它脖颈子都酸疼酸疼的，他已经好久没有围它了。

裕介憋足了一口气，去推208号教室的门。这个门有毛病，也不知卡在哪儿了，反正别想顺顺溜溜地推开它。裕介用双手咔嗒咔嗒地折腾了半天，才终于推开了这扇可气的门，于是，与教室里正冷眼旁观他这番折腾的西行美由纪的目光碰个正着。

西行美由纪和一年前一样一无改变，盘到头顶上的发髻依然梳得光光的，没有一绺散发，加上那张素面朝天的脸，反倒让人完全判断不出她的年龄。看着像三十五岁到四十岁之间的样子，反正，肯定要比裕介大。和那些每当结束长长的假期，就仿佛变了个人似的改头换面的在校女大学生相比，两者新陈代谢的速度绝对不可同日而语。

“好久没见了。”

犹如先发制人一般，西行美由纪率先问候道，依旧是那种裹了层薄冰似的腔调。裕介并非胆怯，当然更非被她给迷住了，可是竟然没来得及先问好。

“一年没见了啊，没想到还有幸承蒙召唤哪。”

“我有点儿事想请你帮忙。”裕介开门见山地说道，“这回真的很头疼。”

“那可够难为你的。”

“虽然很难为情，可我还是需要你的帮助。”

“没这个必要吧。”

“这事我说了算。”

“不行，”西行美由纪立刻反驳道，“这事我说了才算。”

这女人还是那么强势啊，毫不留情地扫射别人的眼神也依然那么毒。

但是，狗急了还跳墙呢，今年对我来说应该是有利的。裕介顽强地迎战了。

“不管你怎么想，我都有权请求你的帮助。”

“那我也应该有权问问你的理由吧。”

“去年，拜你所赐，我有四门课的学分没拿到。十门课中的四门课啊，十六学分噢。我本想一年中能确保拿到四十学分的，结果却只拿到了二十四学分。今年我想修完去年没拿到的学分，可现在看来也危险了。这么下去的话，四年可毕不了业。”

“那就读它五年、六年好了。你看我，都读了八年了。”

“我可没你那么热爱学习。我必须在四年内毕业，不然就麻烦了。”

“那你想让我做什么呢？”

“关于吉田兼好的《徒然草》[1]，想请你帮我定个题目，写篇论文。”

“……”

---

1 《徒然草》写于日本南北朝时期（1336—1392），吉田兼好法师著，日本中世文学随笔体的代表作之一，与清少纳言的《枕草子》并称日本随笔文学的双璧。

“这是古典文学课后期小论文的题目，要求三千字以上，可以使用文字处理器，对你来说是小菜一碟吧。”

西行美由纪的表情没有丝毫变化。裕介一边低头解下沉重的围巾，一边想，她肯定觉得是小菜一碟。其证据就是，只思考了短短几秒，她就滔滔不绝地谈起自己关于《徒然草》的观点来，俨然教授讲课一般。

“要写《徒然草》的话，重点是镰仓末期的动乱。贯穿整部作品的兼好的无常观，并不一定是在宗教背景下产生的。其中的第四十一段、四十九段、五十九段、七十四段、一百零八段，以及一百三十四段……在这些段落中，兼好直面死亡，反复告诉人们，要铭记死亡是随时可能发生的，要想到死亡，真是苦口婆心。只是这些说教不单是表现观念上的死亡。兼好确实亲眼目睹了镰仓末期至南北朝时期的社会动乱，以及发生在身边的各种各样的死亡。由于其无常观源于血腥的现实背景，因此如果不能读懂这些的话，兼好也就成了一个只会说教的老头子了。如果是我来写这篇小论文，我会首先关注其写作背景，探索兼好的无常观产生的源头。”

西行美由纪一口气说完了自己的观点，用她的眼睛抓住裕介，好像在问：“怎么样啊？”那眼神的威慑力跟一年前毫无二致。她说话时，舌头也仍旧灵活自如得就像灵活运转的机器一样。

裕介一时语塞，忽将目光移向窗边，不知何时雨滴打在了沾满灰尘的半透明的窗户玻璃上。他记得一年前的那天也下雨了。每当被西行美由纪盛气凌人的态度镇住时，他都会注视着打在玻璃上的雨滴，熬过难堪的时间。

真是不应该回想过去。

“什么无常观啦、动乱期啦……”突然间复苏的宛如昨日之事的屈辱感使裕介脱口说道，“这些对我来说都无所谓。我只要你替我写篇小论文，就行了。”

唉，又说错话了……裕介怯怯地窥视着她的表情，等待着她冷峻的目光里逐渐变得浓厚起来的轻蔑之色。然而，西行美由纪只是带着怀疑的神色自言自语道：“你真是一点儿没变啊。”

“你跟一年前一样，一点儿都没变，而且居然又出现在了我的面前。你意识到这个矛盾了没？”

“矛盾？”

“或者说，是个谜。我是为了解决这个自己无论如何也解答不了的疑问，才决定今天再跟你见一面的。”西行美由纪说道，“就是说，事实上，我很想知道你到底想求我帮你办什么事。”

裕介初次听到西行美由纪的名字是在去年秋天。

“紧急关头可以去求美由纪。”

大学生活开始半年后的一天，在近代日本文学课上，坐在他旁边的名叫相川的学生忽然对他说道。

虽说是学生，相川却是个穿着西装来上课的三十几岁的工薪族。在下午六点才开始上课的第二文学部里，这种情况并不少见。裕介自己虽然没穿着西装上课，但他也已经奔三十了。

“美由纪？”

“紧急关头可以去求美由纪。”裕介不明白这句话的意思，歪着头琢磨。当时，两人正在谈论寒假后的后期考试和写论文的事。

裕介丈二和尚摸不着头脑，反问道，而相川却像看蹭课的学生似的瞥了他一眼。

“嘿，你不会连美由纪都不知道吧？”

“不知道啊。”

“是人都知道的，她可是我们的守护神啊，尤其在那些在职学生中间她很有名的，今年她好像已经是七年级学生了吧。”

“是因为笨才出名的吗？”

“不是，正相反。听说她是个很优秀的、学习特别刻苦的在职学生，可能是因为工作太忙，一周只来学校一两次，所以很难获得必修的学分。咳，一走进社会，麻烦事就多了吧。”

说到这儿，相川做作地换了一口气。

“那个西行，据说是代笔达人哦。”

“代笔？”

“代人写小论文。据说，凡是国语方面的课程内容，不论什么年代的，全都在她脑子里装着呢。只要不是太刁钻的课题，她都可以帮你完成。还有传闻说，只要你出勤次数没问题的话，她帮你写的论文还能拿优秀呢。当然了，也从来没被教授看穿过。因为她会根据不同的人而改变文体、调整词语的选择等，不愧是高手吧。”

“真的假的？”

裕介两眼发光地问道。才进大学半年的他，已经对大学生活叫苦不迭了。

“真有这么好的事吗？咳，还不是为了要钱嘛，而且还得被她敲竹杠吧？”

“错，据说是免费的，所以是个怪人吧。不过，要找她代笔，好像必须具备资格。”

“代笔资格？”

“据说可严格了呢。首先，绝对条件必须是已经参加工作的人，然后……是什么呢？反正传闻有很多版本啦。”

“在职学生啊。像我这样出去做兼职的，算不算符合标准呢？”

“哎，谁知道呢。只能算是自由职业者吧。”

相川随口这么一说，裕介却卡壳了。相川注意到裕介的窘迫，慢慢低下头，哗啦哗啦地飞快翻看起课本来。同样在第二文学部，同样是三十几岁，每当这种时候，裕介总是意识到相川和自己之间有着无形的鸿沟。不只是相川，裕介一直无法和同一学部的其他在职学生建立很深的交情，恐怕也是这个原因。

大学二部——夜间部，在编的有各种年龄段的学生，大致可以分为应届高中毕业生和高中毕业后工作了很长时间的社会人这两组。另外，社会人这组里还可以细分为上班组、家庭主妇组和退休人员组。尽管大家都是饱经世事的社会人，表面上看起来相处得很和睦，但在一些偶然的情况下，还是可以窥见各人的背景的。例如，在准备小组发表时，上班组就常常搬出“因为下周有重要的会议……”等公司的借口；在食堂里撞到人也毫不理会继续昂首阔步的是家庭主妇组；动辄就把所有的文学作品和自己的人生经验结合起来高谈阔论的是退休人员组。对于退休人员来说，《平家物语》也会被解释成在公司斗争中落败而被砍头的企业战士们的悲壮故事。

由于没有自由职业者班，所以裕介没有归属。跟比自己小十几岁的应届生的隔阂更是可以用大河，而不是小河沟来形容了。就是说，裕介总是感觉自己不合群。但他安慰自己，只要过得轻松自在就好。可一旦有什么需要的时候，连个帮忙的人都没有，也不免让裕介有些不安。

从相川那里听来的西行美由纪的名字之所以会在裕介脑子里

挥之不去，可能是因为产生了“需要的时候可以找西行”的念头之故。

尽管这样，一学年上半学期的考试和报告，裕介还是自己应付过去了。但是，四门考试的结果都是涉险过线。而且，必须完成的六个报告里，裕介有两个没有在规定时间内上交，被一个教授宣布不及格。这样就等于裕介已经丢掉了四个学分。

要毕业的话必须修满一百二十四个学分。如果只靠规定内的每天五六个课时以及周六的课来补的话，是很难的，因此一年级的时候至少得保证拿到三十个学分，日子很不好过。不用说，在上半学期就已经吃了苦头的裕介，此时备感焦虑。

那年年末，后半学期的考试安排和论文题目公布后，裕介越来越焦躁了。不管是哪个题目都比前半学期的更加新颖而抽象，也就是说，论文要求学生具备主动发现问题的能力。

仅仅不足一个月的时间里要写五个报告，还要准备四个科目的考试。不可能，裕介还没做就已经很肯定了。同时那句“需要的时候可以找西行”在他脑中迅速变得清晰起来。

有一天，裕介在生协遇到一个相识的新婚不久的女同学，便试探地问她：“我问你个事，你知道西行吗？”

知道啊，她回答。

上二外汉语课时，裕介又问了一个公司职员同样的问题。他也说知道。

裕介还向在走廊上切磋高尔夫球的三个退休人员打听。“啊，知道啊，嗯。”他们齐刷刷地点头答道。

让裕介吃惊的是，在职学生组这边没有人不知道西行的。

不过，他们充其量也只是“知道”而已。

· 西行一周只来学校两天，好像是周二和周五。

· 西行一周只来学校两天，好像是周二和周三。

· 西行一周只来学校一天，好像是周三。

· 有人在《闲居之友》鉴赏课上看到西行。

· 有人在“中世无名文学再考”课上看到过西行。

· 有人在“山岳文学史——从山麓到山顶”课上看到过西行。

· 西行经常在文学部图书馆的三楼出没。

· 西行好像喜欢古典文学。

· 西行腋下经常夹着一本《广辞苑》。

· 西行的二外必修学分还没修满。

· 西行美由纪经常素面朝天。

· 西行美由纪戴着瓶子底厚的眼镜。

· 西行美由纪戴着雷朋太阳镜。

· 西行美由纪的手机挂件是二宫金次郎[1]人偶。

1　日本江户时期著名的农政管理者、思想家，因从小学习努力、用功而被人们称道。

· 西行美由纪去食堂必吃盐烤秋刀鱼。

· 西行美由纪去食堂必吃煎饺。

· 有同学在节假日看到西行美由纪和男生手牵手散步。

· 要注意有个人叫西间美由纪，可别找错了人。

· 西间美由纪和西行美由纪是针尖对麦芒的关系。

——搜集了四天的情报之后，裕介深刻体会到，与其说西行美由纪是在职学生的守护神，不如说更像是被大家供起来的共用的资料库。她或许充当着缺乏共同语言的上班组、家庭主妇组、退休老人组之间的桥梁的角色吧。

裕介发现，收集的信息越多，西行美由纪的形象就越发变得模糊不清了。

实际上，或许根本就不存在西行美由纪这个人吧？虽说怀着这样的担忧，但哪怕有万分之一的可能性，裕介也愿意搏一下。他利用短短十分钟课间休息，跑到图书馆的三楼去，或在食堂卖盐烤秋刀鱼和煎饺的地方徘徊。有时候明知因此会上课迟到，却偷偷溜进山岳文学史课的教室。也许因为是面向专业人士的讲座，听讲座的人屈指可数，所以教授一眼就会注意到偷偷溜进来的人，于是，老师就会貌似关心地挖苦他说："非常遗憾，我的听课名单上没有西行美由纪这个人啊。"不只如此，同学之间也渐渐出现了冷嘲热讽，诸如"这段时间，怎么这么多人找她呀""一看那样就是喜欢依赖别人的人"之类，这时裕介就不得不赶紧走人。

寻找美由纪的努力触了礁。费了老大劲儿，一条有用的线索也没找到，而提交论文的期限眼看就要到了。

裕介已经走投无路了。

跨越年末年初的为期两周的寒假即将到来时，好运降临到裕介身上，当时他正准备放弃一开学就提交全部五篇论文的计划。

周一晚上，在上第五节课前十五分钟，裕介去了食堂，要了一大碗米饭和肉汤、纳豆。突然，他的视线凝固在进入他视野的某个物体上了。

那是一个坐在六人桌斜对面吃着小份咖喱饭的女生。她放在托盘里的手机上，挂着与其漂亮的粉红珠光色机身格格不入的那个人偶挂件。

人偶背着柴火，两只手里紧握着书，一副学识渊博、满腹经纶、虚心向学的神情——没错，此人物正是……

默默吃咖喱饭的女生意识到裕介一直盯着她看，就放下了勺子。她比裕介预想的年轻，微卷发染着时下流行的栗色。这身大小姐似的装束与从职场下班的女白领的感觉，好像有点儿不太协调。餐盘里也看不到盐烤秋刀鱼和煎饺。

但是，这个世界上喜欢用二宫金次郎手机挂件的女人，除了她不会有第二个。

“你是西行美由纪吧？”四目相对的瞬间，裕介问道。

她以挑衅的口吻回道：“我是西间美由纪。”

“我一直在找你。”

“我是西间美由纪。”

“我想跟你说几句话，可以吗？”

“不是‘行’是‘间’。”

“不是……‘行’？”

“不是‘行’，是‘间’！”她不耐烦地一个字一个字说了一遍，“西——间——我叫西间，西间美由纪。”

西间美由纪……

裕介此时的心情就如同差点儿就钓到的大鱼又脱了钩的垂钓者一样，他轻轻眯起眼睛，心里凉透了。

“我们俩经常被大家搞错。每次上课老师点名的时候，我一喊‘到’，大叔大妈们……不，成人班的人都一齐回头看我。”

迄今为止，不知她跟人纠正过多少次了。即使装出一副厌烦的表情，也能从西间美由纪的态度中看出她的习以为常和无可奈何来。

“可是，你有那个手机挂件啊……”裕介恨恨地抱怨道。

“哦，这个？”她用食指戳了一下金次郎的头，“这是西行同学给我的。”

“怪不得呢。可是，我听说你们两个人水火不容啊。”

“她真是给我添了不少麻烦。就是因为名字相似，被人关注，还经常有不认识的人急赤白脸地跟我说话。所以，我就找西行美由纪去诉苦。于是有一天，西行同学来找我，说给我添麻烦了，很对不起，然后给了我这个挂件。”

“于是你们就和好了？”

“当然啦，金次郎多可爱呀。”

“可是现在我觉得它可恨透顶。”

显摆什么呀，还背着柴火，裕介毫不掩饰地表现出反感。西间美由纪对裕介感到一些同情和好奇，问他：

“你在找西行同学吗？”

“已经打听一个礼拜了，可是连个人影都没见着。”

“不用这么兜圈子，直接打电话约她好了。”

“要是知道她的电话号码，我还费这么大劲儿找她干什么呀。”

“我知道她的电话……”

“真的？”裕介的目光马上从金次郎转到了西间美由纪身上。

“是啊，手机号码和邮件地址都知道。不过，说真的，今天好想吃咖喱饭加肉排啊，最好再配上玉米沙拉。可是前几天，碰上大甩卖，把钱都花光了，只好省钱过日子啦。说到这个，真是羡慕那些有工作的人，手头多宽裕呀。”

裕介心想，对我这个只吃肉汤和纳豆的人，你居然说这话。

心里虽然这么想，但裕介还是满口答应着“好的，好的”，马上站起身来，快步走向卖肉排和沙拉的柜台。

就这样，裕介才终于找到了西行美由纪。

“你先坐下吧。”

大概是只用于人数少的研究课的缘故，208号教室比20号楼中的其他教室要小，桌子的数量也只有教室的一半。在这间坐二十人就显得拥挤的屋子里，西行美由纪泰然自若地坐在背靠窗子的座位上，窗外下起了淅淅沥沥的小雨。记得一年前，她也是这样对裕介招招手说了句“坐下吧”。她的举止就像面试的考官一样，身材娇小却很有威严，声音纤细却十分响亮。

跟去年一样，裕介将椅子转了四十五度，以半对面的姿势，在她的斜对面坐了下来。他打算血气方刚地一雪前耻，可是一这么模仿去年的自己，就宛如因失败的面试而接受补考一样气馁了。

“请你先简单地介绍一下自己吧。”

初次见面时，西行美由纪对他说出的第一句话在裕介脑子里回响。

“还要自我介绍？”

“这是常识吧。”

“可是，向别人询问之前先做自我介绍，才是常识吧？”

“是你先给我打电话的呀。”

“这个，那个……”

“你对我已经有了一些了解，所以才给我打了电话。可是我完全不了解你的情况。只是某一天，突然接到你打来的电话。那么，你说该谁做自我介绍呢？”

回想起来，从这个时候开始已经偏离轨道了。第一步就走错了。

“一般来说呢，替别人写论文，必须了解对方的情况。我只有把握了你的情况，才能模仿你的写法。因此必须了解你的准确情况。”

“准确情况？”

“或者说是真实情况。”

“我叫山代裕介，三十岁，第二文学部国文专业一年级。兴趣是联谊会，特长是搭讪。这样说可以吗？”

“还算诚实。做什么工作？”

“自由职业，目前在酒店打工。”

“实际工作时间是多少？”

“平时是早七点到晚五点。若是碰到良辰吉日或节假日，工作十二小时也是常事。一个月休息两三天。”

“原则上，我只是以在公司工作的在职学生为对象，不过，你也可以吧。既然工作这么长时间，就算是有信誉的社会成员吧……”

“信誉有些多余。就算打零工，也是正正经经的社会成员啊。”

“那是没错的，反正没有靠父母养活嘛。”

“我一个人住在野方的六叠[1]大的公寓里，不用家里接济。”

“每周来学校几天呢？”

“五天。”

“选了几节课？”

“后期九节，前期有一门没过。”

“为什么选择第二文学部？”

“什么？”

“我问你，因为什么想要一边工作一边念大学呢？”

“这个嘛，因为钱呗。”

“钱？”

“你知道吗，据说高中毕业与大学毕业的男性相比，一生之中所赚的钱数相差一亿日元呢。是一亿啊，想不到这么巨额吧？我听说这个数字的时候就有了这个想法。如果是五百万日元这种可以想象的范围内，我也就忍了。可是，只是由于学历高一点儿，就形成这么巨大的差距，实在是无法忍受。我算了算，在

1　叠是日本的面积单位，1叠约等于1.62平方米。

大学二部读完四年的学费大概是三百万日元吧。预先投资三百万日元，却能得到九千七百万日元的回报的话，那么，不是很值得来读吗？”

要说上大学的原因，裕介不用多想，随口可以说出很多。他现在只不过是重复一遍对朋友们提出的“你为什么现在还去念大学”的回答而已。不同的是听者的反应。“有道理啊，一亿日元哪”“原来是先期投资啊”，朋友们会感到很有趣。与他们不同，西行美由纪听了裕介的话之后，颇为不快，那眼神就像锋利的冰凌一样冰冷。

“你的自我介绍，我现在还记忆犹新呢。”

一年后的今天，她那冰冷的目光似乎还没有解冻。

“你是第二文学部的一年级学生……现在是大二的山代裕介君。自由职业者。兴趣和特长是泡妞。念大学是为了赚钱。”

“记性不错啊，真是名不虚传。”

“我对你印象深着呢。托你的福，我才知道原来一根筋的傻瓜就是这样的。”

裕介刚要以牙还牙，西行美由纪先不屑地撇了下嘴。

“一切都是你下的套儿吧。”

“下的套儿？”

“现在我明白了。你只是装成玩世不恭的傻瓜男，让我放松警惕罢了。”

“你这话是什么意思？”

“我只是不明白，你为什么非要那么做不可呢？仅仅是为了戏弄我？不过，我看你是弄巧成拙了吧。”

“等一下，你这么说可……”

裕介觉得西行美由纪越说越偏离轨道了，简直是不着边际。裕介眼神迷茫地瞧着她。

“我问你，你是不是搞错了呀？”

邪了门儿了，一年前，西行美由纪也问过裕介同样的话。

“你完全搞错了。”

裕介刚才发表的“学历=先期投资”论，似乎深深刺痛了她。她那未曾被太阳晒黑的苍白皮肤上，顿时泛起红晕。

“大学是什么？学问是什么？你从一开始就走入了歧途。简直不知道该从哪儿开始让你迷途知返。为了混学历而上大学，没拿够学分，就请求素不相识的人代你写论文？你也太幼稚了吧？至少我不会给这种人代笔的。凭什么我必须帮助你完成你的先期投资呢？”

“那么，你愿意给什么人代笔呢？”

“被公司这种地方所束缚，没有自由的在职生啊。”

“在公司上班就那么了不起吗？”

“我没有说他们了不起，只是说他们更辛苦。无论多么想认真学习，只要从属于公司，就要首先做一个好职员，其次才是学习，绝对不能违抗公司的命令。每周还要有四到五天下班后来上课，回家后还要忙于预习和作业……即便如此，如果在考试或者写报告期间接到公司出差的命令，不去都不行。我要写论文，拜托不要派我去出差之类的理由根本行不通。有的上司甚至故意趁他们考试或写论文的时候派他们出差，或分配大量工作给他们。站在上级的立场，部下因为上大学才不能好好加班，当然会很生气。很多人整整一年的辛苦，就会因此而化为乌有。这样的情况我见得多了。”

西行美由纪说到这里稍稍停顿了一下，以控制自己激动起来的情绪。

“我以前就跟过一个特别阴险的上司，费尽心机地妨碍我上学。他故意在有课的那天或者在考试前把我留下来加班，即使我想上课也上不成。在公司里，有的人会像大人欺负小孩一样，故意找别人的碴儿，来排解工作压力。”

公司，她对这个词显然怀有强烈的不信任感。

“这么说来，你是因为那个上司才上了七年大学吗？”

“不是，因为大三的时候，公司内部进行了岗位调动，我被调到了其他部门。虽然后来工作环境难以置信地变好了，但是那时候我已经不想上四年大学就毕业了。好不容易再次进入大学，其实也没有必要急着毕业。索性专心致志地学下去，就这样进行了方向转换。因此有了充裕的时间来多管闲事，比方说代人写论文什么的。”

西行美由纪不时搓着放在大腿上的手，淡淡地继续说道。

“我有个朋友在即将交论文之前，接到命令去大阪出差一周，而且她是制药公司的营业员，从早到晚都要连轴转地忙于应酬，根本没有自己的时间，她因此而苦恼万分。我实在看不下去，便主动提出为她代笔。那是我第一次为人代写东西。做过几次之后，发现有人叫我‘代写达人’，因为也有很多像你这样的人争先恐后地来找我。但是，这并不是慈善事业，所以我只帮那些真正分身乏术的在职生代写。我可没有时间浪费在只想依赖别人的懒蛋身上。”

她毫不客气地甩出这么一堆话，目光转向雨点噼啪作响的昏暗窗户上。裕介也跟着朝窗户看去。窗户玻璃上映着西行美由纪的面影，不知是不是因为雨水而看不清楚的关系，那个倒影比她本人温柔一些。

“不对，你这样做，归根结底还是慈善事业吧？”裕介对着映在窗玻璃上的西行美由纪说，“你不计报酬帮人写论文，还得了优秀，那当然是做好事啦。你这样的好人，打着灯笼都没处找去啊。”

“哪里，哪里，我可不是那种爱管闲事的人，这不属于慈善。的确，我代写的大部分论文没有看过教科书，但是需要搜集参考文献和资料，而且写论文本身也要花费不少时间的。做慈善的话可做不到这些。”

“那么，你为什么这么做呢？”

“或许，这是我独自一人的战斗吧。”

“战斗？”

“自己曾经被公司整得叫苦不迭，所以实在无法弃那些与我同病相怜的人于不顾。我希望自己活着的时候，尽量不让那些在职生因为公司工作或者上司的刁难而中途退学。”

一般人所说的败犬的典型人物——穿得土里土气，一副饱经沧桑的素颜，笔记本里没有任何圣诞节安排的西行美由纪，此时此刻，透过服装、皮肤或约会之日这些裕介平时判断别人的标准，散发出了谜一样的光芒。这是完全不依附任何固定观念的凛然正气之光——是超越了作为女人的或作为人的那种生物的耀眼光芒。

促使裕介说出真实想法的也许就是这个原因。

“我的工作中没有那样的上司，相反，部门经理是一个很好的人，处处为我着想，我觉得很幸运。正因为如此，我才不想给他添麻烦，无论如何想要四年毕业的。”

“既然如此，通过自己的努力，用四年时间毕业不是很好吗？”

“我一直是努力靠自己的，现在，五篇论文已经写了两篇，想请你帮忙的只是古典方面的论文。”

“古典？”

“应该是你熟悉的领域吧。对你来说，‘《伊势物语》[1]探究’之类的课题还不是小菜一碟吗？”

“《伊势物语》是平安时代贵族的恋爱故事吧。”美由纪立刻说道，“其中也含有一些描写友情和亲情的故事，不过，大多是在原业平作为作者或作为故事主人公的恋爱故事。它也是一部给紫式部[2]带来过影响的超级畅销书。实际上，故事本身多数没有什么意义，业平也没什么恋爱经历。但是，他在和歌方面有着鹤立鸡群的才能。你要写这篇论文的话，要把重点放在和歌上。”

美由纪说话的口吻就像教授在谆谆教导学习差劲的学生。

裕介立刻反驳道：“不对，我觉得，业平虽说的确是风流多情，却不擅长谈情说爱，但正因为如此，如果着眼于他的恋爱的话，就能从中看出有趣的倾向。”

“倾向？”

“以我之见，这部《伊势物语》具有表现女人缘不好的男

1 《伊势物语》为日本最早的古典文学作品之一，作于平安时代，以诗歌为主要内容。主人公在原业平是平安时代歌人，六歌仙、三十六歌仙之一。他是个有名的风流美男子，将热情倾注在众多的女子身上。据古注，在原业平共与三千七百三十三个女子相交。

2 紫式部，又称紫珠，是日本平安时代中期的女性作家，和歌作家，《源氏物语》的作者，中古三十六歌仙之一。

人的愚痴的一面。从第一章到第一百二十五章，分析一下故事的主题就一目了然了。业平的单相思之情无处表露，与有丰富恋爱经历的美男子不同，他没有恋爱的运气。在所有的一百二十五章中，表现男性爱慕女性的有四十二章，而表现女性迷恋男性的只有十三章。而且，男性爱慕女性的故事大多以悲剧告终，因为男人一旦迷恋上一个女人就会失去理智，这叫作自作自受吧。对没有希望追到的女人纠缠不休，或把人掠走，或在她家附近徘徊，寻找她住在哪个房间等，或者寻死觅活瞎折腾，用现在的话说，他们纯粹就是跟踪狂。而当时则把这吹捧成什么爱情啦纯情啦。这就是《伊势物语》里出现的男性的基本形象。”

对于一口气说了这么多的裕介，美由纪很困惑地问道：“是你自己分析的？”

“就算是吧。”

朝后伸着腿坐着的裕介，慢慢地理了理衣领，转身对着美由纪说道：“说到女性，这个作品里面也有十分清楚的描述。《伊势物语》里的男人喜欢的女人，差不多都是那种‘薄情寡义’或‘水性杨花’的类型，虽说像第二十三章里描写的那种勇敢坚强的和第四十五章里描写的纯情可爱的类型不是没有，但绝大多数还是那种坏女人。反过来说，由于总是爱和那种女人谈恋爱，难怪业平没有桃花运。看看他追求的那些女人就知道了。‘薄情寡义’的女人在第八章出场了，‘水性杨花’的女人在第九章出场了，这些都真实反映了业平对女人的喜好。此外，‘水性杨花’的女人在《伊势物语》中，一个个最终都以悲剧收场。在第二十四章，女人因为纠缠过去的男人而死掉，第六十章里的女人最后出家为尼，第六十二章里的女人因为被以前的男人说自己变得丑陋了而远走他乡。这些例子不就是为了说明那些‘水性杨花’的女人没有好下场吗？我倒觉得，业平其实也够倒霉的。”

美由纪还是没有表态，一直是一副迷惑不解的表情。

“虽说一般认为《伊势物语》是好色男的恋爱故事，但我的看法是，业平很可怜，被坏女人任意摆布，他自己也抱怨自己被女人骗得有多惨。这不就像没有女人缘的男人装得自己很有女人缘一样，而有女人缘的男人却好像自己为了恋爱吃了多少苦头似的吗？”

突然雨下大了，瓢泼大雨把窗户与外界遮蔽了，教室更加暗了下来。裕介看了一眼窗外，又扭回头来去看美由纪的表情。

美由纪脸上已经没有迷惑不解的表情了，然而也没有露出赞同裕介的神色。她瞪大眼睛，鼓起鼻孔，紧紧闭着嘴唇，好像很生气的样子。裕介刚这么一想，就听见她气呼呼地说道：“你既然已经自己分析、推断出了结论，那还找我干什么呢？”

“我不是说了吗，找你帮我写呀。有八篇论文要写，我没有电脑，手写的话太花时间了。你帮我写的话，我可以利用这些时间写其他论文。”

"开什么玩笑？"

美由纪冷冷地说。她的下眼睑颤抖着，霍地站起来，看都没看裕介一眼，就转身飞快地朝走廊走去了。

"再见。不要拿人开玩笑。"

为什么当时美由纪会那么气愤呢？我什么地方惹到她了？

这一年来，裕介一直郁闷地思考此事。他想过好多假设，从中深入挖掘了一个最有可能的，得出了自己的结论，所以才有了今天的一雪前耻之行。

可是，现在，听到美由纪竟然说出什么"下的套儿"、什么"戏弄"等莫名其妙的话来，裕介的自信心又开始动摇了，莫非自己的结论压根儿就是错的？

"难道说我对《伊势物语》的解释太肤浅了，所以你才这么嗤之以鼻的？是不是这样？"裕介壮着胆子说道。

西行美由纪露出一脸茫然，问："你什么意思？"

"我的意思说得很清楚啊。你给人写论文的条件不是很严格吗？说穿了，就是水准不够高的论文，不愿意帮忙写呗。有关《伊势物语》的说法比较庞杂。原本是不是业平写的，都没有定论呢，所以我先提出这样的假设，拿该作品来加以论证。因此，这回我是在更加仔细阅读《徒然草》的基础上做出了分析的。你看一下这个。"

裕介从牛仔裤口袋里拿出一张纸，在美由纪面前展开。

纸上写了一堆看不出要表达什么意思的数字和罗马字。

“《徒然草》里收录的随笔一共有二百四十三章，我把它们分成八大类。A是人生哲学或劝诫、理想论，宗教观或生死观、怨言；B是有关恋爱、女人、性爱的故事；C是自然、物哀、发思古之幽情的内容；D是无病呻吟之类；E是学问和技艺；F是市井闲话和伟人、蠢人的逸闻；G是典故和记录；H是怪谈和趣闻。我把每章属于哪一类都列在这个表里，最下边是每一类的总数。A是八十五章，B是八章，C是二十二章，D是八章，E是十五章，F是三十四章，G是五十二章，H是十九章。数量最多的还是人生哲学和劝诫这一类……因为是说教类嘛。说教差不多占了全书的三分之一。不过，兼好并不是一开始因为想要写说教才动笔的。在开头他不是自己坦白了吗，‘心中不由杂想纷呈，乃随手写来’。也就是说，原来的起点是D，即无病呻吟之类。然而D类在一百四十三章里仅有八章，而八章里只有五章在被认为是兼好年轻时所写的前三十章里面。”

为了不重蹈去年的覆辙，裕介一边观察着美由纪的脸色，一边自我辩解。眼下她的表情还没有什么变化。

“相反，在前半部分的三十章里，F和G类的内容一章也没有。进入后半部分，F和G才逐渐增多。除此之外，其他章节都分布得很均衡。你说这是怎么回事呢？”

“你的意思是说，兼好在写作途中改变了初衷，有意识地进行了调整？”

“正确！虽说下面这是我的推测，但兼好的‘心中不由杂想纷呈，乃随手写来’，不是只写到前三十章吗？不是有人认为在三十章和三十一章之间，时间上的间隔相当长吗？大概兼好在这段时间里，将三十章以前的内容给什么人看过的缘故吧？也许受到了意料之外的好评。于是，兼好增强了自信。因此，从三十一章以后，他就开始考虑按照读者的需求去写了。不仅写自己个人心中的感受，还加入了丰富的知识和逸闻以及劝人向善的说教内容，并适当地点缀一些俗世闲语和笑谈，使得读者能够一直津津有味地看到最后。由于兼好对人有着深刻的认识，因此他知道如果全都写古板内容的话，会让人敬而远之。《徒然草》之所以能够成为一本广为流传的书，为人们津津乐道，不是全凭这种巧妙的平衡感吗？比起由来于其无常观或生死观云云来，其实是这家伙为读者服务的精神使然吧，只是……”

裕介吞吞吐吐起来，因为他发现西行美由纪的表情有点儿不对劲。

“当然了，无常观的确是非常重要的因素。刚才我说得稍微过了点儿，不过，镰仓末期的动乱也是个不容忽视的时代背景。但是，这方面的研究已经足够多了，所以呢，我打算以独具特色的分析为基点进行论述……”

还没等裕介把话说完，椅子腿就哐当一声倒在地上。西行美由纪霍地站了起来——她坐着的时候不显得个子矮，她转过身去。这回可完了……

一瞬间，裕介想要叫住她，但西行美由纪并没有像去年那样愤然离开教室，而是往窗边走了几步。

“我还是没听明白。”

“什么不明白？”

“不明白你到底想要我做什么。”

“我不是说了吗，就是……”

“一年前，在这里第一次见到你的时候，我还以为你是个不学无术脑袋空空的人呢。来找我帮忙的，八成都是这样的人。自己根本不努力，就想依赖别人。余下的两成之中，有一成是来跟我逗乐子的。这种货色还不少呢。听说了有关我的传闻，出于好奇来会我，想来瞧瞧是个什么样的女人。去年，你开始滔滔不绝地阐述自己的观点时，我就想，看来这家伙也是来寻开心的。但是，后来回想起那天的事，渐渐感觉你似乎不像是来寻开心的，这件事让我不能释怀。就是说，我始终弄不明白，你到底想要我做什么。”

“我都说了好几次了，希望你替我写论文呀……”

“你刚才说得头头是道的，还用得着我写吗？我告诉你，请我代写的人，有一个算一个，都是不知道该写什么的人。所以，他们才会来找我。说真的，这让我小有成就感。相反，像你那样，只是想找个人，把你的观点原样记录下来的话，根本不用来找我帮忙，雇个影子写手不就得了？”

也许是伤害了她写手达人的自尊心吧，西行美由纪一直面朝着被雨滴遮蔽的窗户，固执地不回头看裕介。

“不，说到底，你想依赖别人的想法本身就很滑稽。既然你已经分析得那么透彻了，自己赶快动笔呀。”

“我不是说了吗，你说的这些是有闲工夫的人的逻辑。我没有时间。因为我要写的论文并不止这一篇啊。除此之外，今年还要写四篇呢。光是看教科书、查参考资料，就要费不少时间，你说我还有什么时间去写呢？再说了，我自己写的话，写到半截又会突发奇想，于是，又得重新查找参考资料……如此这般，哪怕是一篇论文，也永远写不完。我这人吧，要做就想做得很完美，可是提交论文的时间是有限的呀。结果，去年的下学期应该交五篇论文，我只交了三篇。要是你那时候帮我写了《伊势物语》的话，我就可以交四篇了。”

“等一下，你写每篇论文都要花上这么多时间吗？”

“《伊势物语》还算是少的呢，只有上下两册，而且作者不明，所以只要针对这一部作品进行论述即可。倘若让我研究漱石的话，以我的个性，不把漱石所有的作品都通读一遍，绝不会动笔的。所以说，光是阅读作品就要花费好几个月进行前期准备。

总之，我的时间总是不够用。”

“可是，你是打零工，又没有公司那套管着你。”

“我是被时间给束缚了呀。我每天都在和时针赛跑啊，可以说从早晨一睁眼，就开始着急了。从野方的住所到打工的饭店需要花一小时，早上七点上班，六点就必须出门。我的工作虽说是宴会或婚礼上的服务生，但只干这个无法支付我的生活费和学费，所以，我还去后厨和客房干活儿。由于上课不能晚上打工，只能上早班。从早上七点干到傍晚五点，中间休息时间还要做作业。然后，在坐电车来大学的路上，我也得一直看单词本或是翻阅写论文的资料。如果离上课还有五分钟的时间，我就可以冲进学生餐厅吃点儿东西，但经常是来不及吃的。上完第五节和第六节课，差不多九点了，回到家就十点多了，距离第二天早晨六点出门，只剩下八小时。饭店的工作是体力劳动，至少需要睡六小时……这就是说，我可支配的时间最多只有十点到十二点的两小时。从论文开题到交论文，最多只有一个月的时间……无论怎么说，都不可能完成五六篇论文。理论上是根本不可能的。你刚刚是不是在想，假日不用上课，应该有时间啊。可是，你有所不知，假日正是宴会和婚礼扎堆儿的时候，我不可能一到五点就先走一步。平时经理总是很照顾我，所以节假日的时候我至少应该多干点儿。结果，会一直干到最后，回到家常常是快十二点了。更头疼的是，寒假是宴会的高峰期，几乎每天都是这样。不仅没有时间复习考试或是写论文，更是忙得连饭都吃不踏实。我进大学这两年间瘦了七公斤呢，也没有回过一次老家。我的朋友越来越少，还被女朋友给甩了。即使这么拼命干活，可又要付学费，又要买教材的，我还总是入不敷出。高中毕业后好不容易存的钱也越来越少了。我一点儿都不敢乱花钱，连电子辞典也舍不得买。那些应届大学生几乎人手一本，可我仍然每天背着厚厚的英日辞典来上课。电脑也是啊，我要是有电脑的话，该多轻松啊，写论文的时间就可以节省一半了。可实际情况是，我没有钱，也不能去跟在福岛经营农场的父母要钱，老爸、老妈因为买不起大型农机，累得腰酸腿痛的。”

啊，我的脑子是不是有毛病了。尽管嘴上滔滔不绝，裕介的内心却很乱。这些话，他从来没有对任何人说过。每当以前的朋友或一起打工的人问他读大学什么感觉时，他都是笑呵呵地回答“轻松，轻松”。他担心朋友会在背后说他读了大学后人就变了，不再邀他参加联谊，而且他觉得，像以前的穷苦学生那样一味地诉苦很丢面子。

可是，为什么对这个只见过两次的女人，我会说这么多呢?

从意外的方向他得到了这个回答。一直背对着裕介的西行美由纪，突然转身对他说：“我明白了。”

裕介第一次看到她的嘴角绽出了开朗的笑容。一瞬间，裕介以为雨停了，以为天空中出现了彩虹，小鸟们在啾啾鸣叫。

然而，西行美由纪背后的窗外仍然下着寒冷的雨。

“我终于明白你为什么来找我了。”

“也许我让你觉得很啰唆。我来找你，就是想请你代我写论文。”

“不对。你错误地讲解了你自己这本教科书。”

“什么？”

“不错，起初你或许是想找我代写论文。但是，你真正想让我为你做的，并不是这个。”

“那是什么呢？”

“既然你问我，我就告诉你吧。”

西行美由纪就像在讲解教科书似的，用充满自信的口吻断言道：“你虽然貌似放浪不羁，其实是一个诚实本分的、死心眼儿的落伍文艺青年。你奉行的完美主义，使你在工作和学习之间疲于奔命。总之一句话，你需要一个像刚才那样能够听你抱怨的人哪。”

裕介刚一懂事的时候就喜欢看书。小时候，他老是拿着画册，追着母亲给他讲故事，以致母亲都烦他。认识字后，他央求母亲带他去图书馆，借回一大堆书，每看完一本书，他就缠着父亲和姐姐问：“主人公为什么要这么做？”“他为什么这么说呢？”父亲和姐姐也懒得搭理他了。一旦开始思考一个问题，不彻底弄明白他是绝不会罢休的。上小学后，除了书中人物以外，他还探究起了作家的思考过程，越来越没有止境了。上国语课时，他接二连三地向老师提问，遭老师厌烦。和同学没完没了地聊他们不知道的书，也被同学纷纷疏远。

终于有一天，他突然意识到自己和班上的同学完全格格不入了。书生气的、死心眼儿的文学少年并没有成为受欢迎的人。

“裕介，你这人心理阴暗，又爱胡搅蛮缠，和你在一起感觉特累。我受不了了，以后别再给我打电话，也别写信了。”

转折点是上中学的时候，心仪的女孩子写给他的一封绝交信。

由于那个女孩子起初对裕介介绍给她的书显得很感兴趣，所以，裕介就日复一日地给她讲自己看过的书。他想要用自己特有的讲解方式来吸引她。他还梦想着，有朝一日可以在图书馆里跟她约会。然而，这个看似很文静的优等生选择的却是一个游手好闲、头发染成褐色的轻浮男人。

裕介的自我认知瞬间崩溃了。经过一番观察后他发现，认真读书的男生无一不遭女生的疏远，而那些脑袋空空的不良少年却很受女生欢迎。即使胸无点墨，只要服装和发型够潮，和一群狐朋狗友混在一起，就能够吸引女生。更令他气恼的是，对那种货色，不光是女生，就连男生也很羡慕。

从那以后，裕介就抛弃了书本。不，虽然他仍然躲在家里看书，在学校他却只字不提。和朋友一起玩被排在了读书前面。他变得举止轻浮吊儿郎当了。虽然成绩直线下滑，却颇受女生的青睐，于是他越来越相信这是正确的选择了。结果，他连自己也搞不清楚到底哪些是装出来的，哪些是真的愚蠢了。

由于除了国文课外他不太喜欢其他科目，所以，他和其他同学一样凑合读完了公立高中。他从来没想过要去读大学。他害怕一旦开始用功读书，最终又会变回那个被人疏远的、心理阴暗的、胡搅蛮缠的人。本来他就不想出人头地，也没什么进取心。

高中毕业后，他觉得继承家里的农场也没什么前途，就来到了东京，投奔在东京经营运输公司的父亲的朋友。短短一年后，那家公司就倒闭了。于是他为了找个高收入的工作而四处打工，直到二十三岁那年干上这份饭店的工作，让他意外地感觉心情愉快，尔后，便踏实下来了。

进入打工生涯的第五个年头，有一天，一向对他非常关照的经理问他想不想成为正式职员。对他来说，这是件好事。不但待遇不错，而且他也正想考虑要不要当个正式职员。尽管如此，他当时竟然脱口说出“让我考虑一下”。

一旦成为正式员工，就会被时间不规律的饭店工作给拴住，将会永远失去正式学习文学的机会。来到东京后，虽然交了女朋友，也参加联谊活动，但基本上过着孤独的单身生活，因此裕介的阅读量不断增加，他开始考虑何不趁现在学一学小时候没能学到的知识呢？

经过苦苦思考，裕介鼓起勇气把自己的想法告诉了经理，经理当即表示赞成他去报考大学。“既然这样，就职的事情，等到四年或五年后再说吧，你好好去学习吧。你一边工作，一边勤奋学习，对那些打工的年轻人也有个很好的影响啊。”

裕介原本担心自己提出想要深造，也会像以前那样遭到经理的嫌弃，但经理这番话，让他深受感动，更坚定了上大学的决心。

可是两年之后，当他开始去大学走读才发现，等待他的是超乎想象的困难。在精神上和物质上，他每天都过着疲于奔命的日子，还没等第一年的成绩公布，裕介就悟到要在四年时间内毕业，是一件难上加难的事。

然而，经理一如既往地每天都鼓励他好好用功，还经常问他，什么时候毕业呀？还有几年哪？到时候一定要好好给你庆祝一下。每当看到经理那体育系学生般爽朗的笑容，裕介就焦急万分，他暗下决心，绝不能让头儿失望，无论如何要用四年时间拿下文凭。

“我要让不可能的事成为可能，因此，需要你的帮助。”

此刻裕介发觉，自己已经把所有想法都告诉她了。

一开始裕介并不愿意承认。什么脚踏实地、不懂得通融的落伍文艺青年，太糟践人了。开什么玩笑。他感到愤慨，极力反驳西行美由纪，和西行美由纪激烈辩论。然而，当他被问到“你把手放在自己的胸口感觉一下，你把一直闷在心里的想法一吐为快，是不是觉得心情舒畅了”时，他不假思索地把手按在胸脯上时，竟然摸到了不需要任何分析或任何解释的真实感触。

而且，西行美由纪还很擅长最后的一击。

“我也是感同身受，所以很理解你。去年我没有告诉你，其实，我被调到那个坏心眼上司的部门，是因为自己工作上的失误。我在这家玩具老厂工作了八年，一直都是在新商品开发部门，做得顺风顺水。可是有一次，我负责设计了一个关系公司命运的人偶手机挂件，投放市场后却根本卖不动。结果作为惩罚，我就被调到那个坏心眼的上司所在的总务部门了。那个部门每天五点准时下班，加班的话会遭人厌恶。所以，我才决定干脆再读一次大学的。可是由于那个上司的刁难，以及需要兼顾学习和工作等而烦恼不堪，我每天都生活在精神压力之中。那时候，同是在职生的同学倾听我的抱怨，不断地给我鼓励，我才度过了那段时期。所以，我也以报恩之心，开始代替大家写论文。我并不认为只是我在帮助别人啊。”

她的态度和刚才判若两人，非常诚恳地劝解道：“你也不要太好面子，找一个可以偶尔听你诉苦的朋友好了。尤其是你这种人，最需要找人吐吐苦水。”

“吐苦水？”

“在别人面前示弱也是一种美德，这话不是吉田兼好在《徒然草》中举出法显三藏的例子，告诉人们的吗？”

“第八十四章。”裕介苦笑着说。

那是很短的一章，讲的是去天竺取经的法显三藏，每睹故乡之扇便伤悲，每逢身体不适便思故乡之食。众人闻之议论纷纷：“看似了不起，却如此软弱。”于是，弘融僧都曰：“三藏真乃仁厚之人。”对此，兼好认为，这句话表明僧都见识不俗，风雅至极。

裕介一直认为，其实法显三藏很软弱，是个没出息的和尚。但是听了西行美由纪这番话，他也觉得有些东西的确比一味压抑自己更重要。

“这么说，示弱有时也是坚强。我以后也得学学。”裕介叹了口气。“话说回来，”他再一次问道，“你的意思是，愿意帮我代写喽？”

对现在的裕介来说，比起听他抱怨的朋友来，更需要找人代笔写论文。

可是，西行美由纪直到最后都没有点头。

“我看你根本不需要别人代写。如果时间不够，就减少睡眠时间或是缩短吃饭时间，或是上班上学时以跑代走来节省时间，自力更生，坚持到底。”

“那个，现实的问题是……”

“你没问题。因为，你一直是这么做的。即使你方法笨拙，过于较真，搞错了方向，但你不是仍然坚持到现在了吗？你完全有能力继续拼下去的。这样拼死拼活奋斗过来的四年，在不远的将来，一定会给你带来超出一亿日元的价值。”

直到最后，西行美由纪一直充满信心地说——尽管裕介觉得她才是盲目自信，说话缺乏根据呢，却无法抵御内心渐渐涌起的温暖感觉。也许自己真的想听别人对自己说一声“加油”吧，也许真的想听别人称赞自己一句“你一直都很努力”吧……

他不能笑话法显三藏。自己虽已年过三十，精神上却依然没有独立，裕介又一次露出了苦笑。然后，他把放在腿上的围巾绕在脖子上，从椅子上腾地站起来。没有时间了。

“我走了，回去写论文。”

“这就对啦。”

“Thank you。不知道该对你说什么……”

“你什么也不用说呀。”

西行美由纪阻止道。她走回原来坐的桌子，从皮包里拿出了一个东西。那是一个细长的塑料小盒。她一边把它递给裕介，一边说：“记住啊，一定要找一个可以让你吐苦水的人。在你找到之前，暂时把它当成你的心灵之友吧。”

裕介接了过来，不由得哟了一声。

“金次郎……”

原来西行美由纪也喜欢用这个手机挂件啊，没想到会有人买这种东西。

“不嫌弃的话，就拿去用吧，我们公司还多的是呢。”

看见始终充满自信的西行美由纪的表情忽然黯淡下来，裕介恍然大悟。

“你设计的那个人偶挂件，该不会就是……”

“勤奋、认真、坚持……这些曾经是日本人的美德，在已被现代人忘却、被嗤之以鼻的当下，我觉得这个商品才应该畅销，就连“金·次·郎·回·来·了！”这个广告词都堪称完美无比。可是，或许我太超前了，才导致这个结果吧。不过，你等着瞧吧，总有一天，我会重新杀回研发部门，让改良版金次郎挂件大卖特卖。”

即使她不这么说，裕介也不能不对西行美由纪今后的发展充满好奇，包括她这个八年级学生今年能不能毕业在内。

“好啊，我等着看时代对你绽放笑容的那一天。”

他把金次郎收进背包，背上了肩，朝西行美由纪轻轻挥了挥手，走出了教室。他脚步轻快地走在寂静的走廊上，连装满资料的背包、干乌龙面般的围巾也都变得特别轻。

裕介离开教室时和来教室时的境况一无不同，要交的论文也还是原来的篇数。

唯一的收获，是金次郎的手机挂件。

然而，这个巴掌大小的守护神，却让裕介感受到意料之外的可靠。

钟声

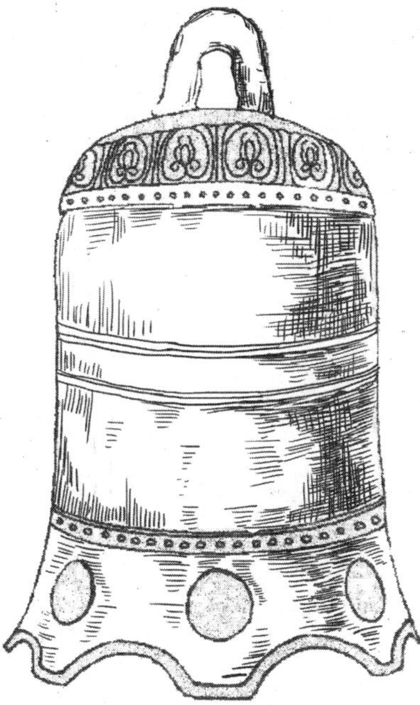

时隔二十五年，本岛洁重新造访的这个小镇，景色一如往昔，他觉得连自己迈出的步伐都自动模仿起了年轻时的节奏。

乘东海道新干线在京都下了车，换乘四节车厢的地方电车，坐六站后，再换乘两节车厢的地方电车——阻碍视野的高楼群消失不见了，人烟渐渐稀少，车窗外的景色只剩下一望无际的旷野时，没有屋顶也没有围墙的简陋站台隐约出现在铁道前方，眼看着越来越近，终于来到洁的眼前。

洁踩在微微倾斜的粗糙的水泥站台上，脚下的感觉唤醒了他的回忆。无论是高远寥廓的天空，还是掠过鼻尖的潮湿的风，一切都是老样子。由于靠近琵琶湖，在这个小镇上能感受到不同于海洋与河流的独特的水汽。

这特别的水汽牵引着洁走出检票口，伫立在同样一如往昔的寂静的站前马路上。Kiosk[1]、公交站、出租车站——这些站前广场

1　日本车站内的小型便利店。

标志似的建筑依旧一个也看不到，而是被稀稀拉拉的米店、干货店等占据了，完全是一派日常街景。穿着随意、趿拉着凉鞋的人们优哉游哉地走在街头。墙头蜷缩着一只大肥猫，正美美地享受着午睡时光。

通往工地的道路两旁，造型别致的日式房屋依然鳞次栉比……其中一些房屋是改建过的，白得像脂浓粉厚的女人，尽管如此，也并未扰乱小镇的和谐景致。就连小镇中心被叫作“鬼屋”的那所老宅子，也在小镇中散发出恰如其分的乡土气息。大概是因为大门外面干净整洁，院子里面打理得井井有条的缘故吧。一落叶就清扫，一扬尘就洒水，这种古朴民风，如今在这个小镇中仍随处可见。

洁不经意地东张西望之时，一种莫名的羞涩取代了乡愁。置身于一成不变的景色当中，只觉得突显了自身的变化。洁加快了脚步，不到十分钟就到了工地。

据说这所旧址十年前改建过，但看不出究竟翻修了哪里，还保持着原样。不过，它并没有恢复古代鼎盛时期的建筑风格，大概只是因为预算不足吧。乍一看，这个预制板小屋既像汽车修配厂，又像木材存放处。在这里工作耗时费力，收入却很少。这是个枯燥无比的体力活，即便是撞上大运，也不会有多大收获。

尽管如此，由于要面对的对象比较特别，所以要开启这扇门，也是需要些心理准备的。

“不好意思，打扰了。”

拉开拉门，首先闯入本岛洁视野的是一尊仁王像。这个全长两米五的木雕佛像，从天花板上用链子吊着。木材可能是扁柏或是香榧吧。佛像破损得很严重，各个接合处都有松动、扭曲。佛像身上的雕刻也磨损了，从左肩到腰间裂开了一条大口子，看了让人心痛。要对这么巨大的雕像进行考察、解体、完成修复，究竟得花多少时间啊。

洁越想越头大，便移开了视线。在这个依旧杂乱无章的操作间里，除仁王像之外，还有一些破损的佛像，有阿弥陀佛立像、如意轮观音坐像、日莲圣人坐像等。这些失去了灵魂的佛像，等待着有朝一日治愈浑身上下的创伤，再次接受人们的叩拜。洁在心中默默拜祭了这一尊尊佛像。然后，他才终于注意到了在操作间干活的活生生的人。

有五个年轻人正埋头修复佛像，都穿着T恤配牛仔裤，很休闲的打扮。让洁瞠目的是，其中有三个竟然是天真可爱的女孩子。没看到吾郎的踪影。

“不好意思，打扰了。”

洁又问候了一声，给日莲圣人坐像补色的一个女孩回过头来。

“啊，对不起。请问您是我们老师的朋友吗？”

“对。”

“老师说，您来了的话，请您到里边去。”

洁跟着女孩穿过玄关，绕过地上的佛像和工具，向里边走去。

吾郎正在工地一角隔出来的休息室里写报告，察觉到背后有人来，他吸了一口气回过头来。

“嘿！”

“噢！”

两人轻轻地点了点头，互相打了招呼。

“你居然来了呀，虽说听着有点儿奇怪，但我总觉得什么时候你会来这里。所以，突然接到你的电话，我也没觉得意外。”

“我本来不想再来第二次了，但到这儿一看，也没觉得有什么新鲜的，这也挺奇怪的。”

洁对以前同事那淡定的笑脸报以苦笑，接下来想要说些什么的吾郎，听到这些，半张着嘴，吃惊地瞧着洁。

“你变了噢。”

“是吗？”

“是啊，感觉你变多了，变得好像都不认识了。”

“隔了二十五年，谁都会变得别人不认识了呀。还不是老了嘛。”

“是吗，是因为老了吗？”

吾郎笑了，他将桌上的文件推到角落。

“我也老了吧。虽说体力还不比那些小伙子差，可最近，总是要整理烦人的资料。现在是个什么都要用照片来记录的时代，所以修复工程也是事无巨细都要整理成文件，写出报告。这些事只能靠年轻人了。”

“你的面色看上去真年轻哟。没想到还有女徒弟呢。”

“时代不同了。现在希望成为我徒弟的，女的比男的多。或许是因为女的更有毅力吧。”

“我真不明白，过去，这地方可是粗野的男人的地盘呀……我都不记得那时被松浦打过多少次了。”

洁的声音变得低沉了，没有再说话。一提到松浦，连接他们俩的早已松弛了的纽带又恢复了弹性，被拉紧了。

“出去走走吧？”

吾郎受不了这压抑的沉默，站了起来，洁也跟着起身。但离开工地后，两人要回到刚才的话题还需要一些时间。他们肩并肩，漫无目的地朝着琵琶湖方向走，一边寻找着继续刚才“那个话题”的时机。

“我觉得松浦也希望你什么时候能回来呢。”吾郎首先开了口，“他只是说不出口罢了。他那个人啊，比我更想让你留在这儿干。我现在还是这么觉得。”

“你怎么知道他说不出口呢？”

“他去世半年前曾问过我，洁现在干什么呢，或许我对洁太严厉了，那孩子有着特别较真的艺术家气质，我当时理解不了。

因为理解不了，所以我就知道对他动粗。他可是第一次说出感到后悔的话。”

“我可没有什么艺术家气质。”

洁马上否认道，本想一笑了之而张开的嘴巴扭曲着，仿佛要哭似的。

“我是个卑微的俗人，这一点吾郎你应该比谁都清楚吧。”

“……”

“幸亏松浦师父什么也不知道就去了。”

吾郎突然在洁旁边站住了，朝远方看着什么。顺着他的视线，洁看到一整排民宅的街道前方突然出现了一块白色的空间，原来是琵琶湖。

“果然是因为它。”

望着仿佛与天空融为一体的湖面，吾郎低语道。

“那个佛像吗？”

洁呻吟般地问道。他本想轻轻点头的，可是由于喉咙深处绷得太紧，反而发出了嘶哑的呻吟声。

“不空羂索观音[1]像……”

1　又称不空羂索菩萨、不空广大明王观音等。是观世音菩萨诸多化现之一。此像三面四臂，顶有阿弥陀佛，左胸上覆盖着仁兽皮披肩，五衣五饰庄严。左手持不空羂索，左次手结施无畏印，右手拈邬婆罗花梗，右次手持三叉铁钩。以“不空羂索”为名，是象征观世音菩萨以慈悲的羂索，救度化导众生，其心愿不会落空的意思。

“你之所以走掉，还是因为那个佛像的缘故吧？”

“不然还会是什么呢？”

“没有什么大不了的啦。”

“胡说。”

“这事足以搅乱一个人的人生啊。”

“是啊，很多时候整个人生都会被颠倒呢。”

这话说出来，让人意外地震撼。但是，这里面并没有夸张的成分。吾郎也是知晓的。

——没错，那个佛像把我的人生整个儿颠倒了。

洁在心里重复道。随后，他在眼睛里呼唤出了那尊佛像富态的脸庞以及那慈悲的目光——

现在，无论是对于二十五年前的吾郎，还是松浦，甚至自己的容貌，洁都已印象模糊，唯独对那佛像记忆犹新，他随时都能在自己的心中复原它的形象。

“天气真好啊，咱们再走走吧。”

吾郎自言自语般小声说着，又朝琵琶湖迈开了脚步。洁的目光追随着吾郎的背影，无论是湖面，还是曾经怀念的街景，抑或是吾郎发福的后背，都已无法吸引他了。

他一步一步迈着沉重的步子，凝视着二十五年来初次说出这悔恨的无底深渊。

洁记得与那座观音像的初次相遇，是在横跨京都和兵库的丹波广阔高地某地的一座山中寺院里。

当时，松浦和洁、吾郎三人一起去的寺院名叫玄妙寺，不空羂索观音作为主佛供奉在正殿里。

如果是现在的话，都是把佛像运到修复工作室的工地进行修复，不过在二十五年前，大多是佛像修复师亲自到寺院上门修复。修复一尊佛像，即使三四个人合力工作，也要花相当多的时间。说到修复佛像，人们往往觉得是个精细活，实际上，上门修复佛像是十分考验体力的。如果附近没有合适的旅馆，他们就要寄宿在寺院里。有时寒冬腊月，也得在寺院正殿角落用帷幕围成的临时卧室里住上将近半年。

在这一点上，玄妙寺的环境还是比较优越的。住宿方面，住持家里有宽敞的客厅，洁他们修复主佛期间就住在那里。饮食方面，他们和住持全家在客厅里一起享用住持夫人亲手烹制的菜肴。他们本以为会是粗茶淡饭或是斋饭，谁知一日三餐都是大鱼大肉，虽然洁心里有点儿瞧不起住持，觉得他是个典型的酒肉和尚，但后来回想，住持是一个人品不错的男人。

“听说我们寺的本尊，在日本也是很罕见的观音菩萨。不过，还是比不过钟啊。”

刚来玄妙寺那天，住持招待洁他们去自家客厅喝茶时，谈及了这个话题。

“钱？”

洁把“钟”听成“钱”了[1]，住持得意地笑着说“是梵钟”。

“你们进寺院时，没有看到一个钟楼吗？那个梵钟虽然不怎么起眼，但敲起来声音很好听，回音也很长，村民们都很喜欢它。他们为了敲这座钟，不惜走好远的山路来寺院。但是，有些人也没有拜一下本尊菩萨就回去了。他们只要敲敲钟，就心满意足地走了。虽然这可能表明他们没有烦恼，可是我渐渐可怜起本尊了。所以前不久，我还是忍不住问他们，你们为什么不拜本尊呢？你们猜他们怎么回答的？他们说，那么破烂不堪的菩萨，能保佑我们什么呀？于是我深刻反省了自己，都怪我不够尽职，所以才请你们来修复的。”

虽然对菩萨来说是极大的悲哀，但被住持这么轻飘飘地一叙述，就像在听一个笑话。这可真是一座匪夷所思的寺院啊，洁暗自思忖。这时旁边的松浦说：

“看上去，佛像在江户末期曾经修补过一次。有修补的痕迹。”

“修补的痕迹？”

“就是说，佛像的局部有修补过的痕迹。”

夏天，松浦曾经到这个寺院来先行勘察过破损的佛像。已经

1　日语中，“钟”与“钱”发音相同。

事先约好了，住持却跑去看村里的相扑比赛了。回到操作间的松浦虽然发着牢骚，心情却特别好。因为松浦干这行多年，还是第一次承接修复据说是屈指可数的不空羂索观音的活儿。

“啊，果真如此的话，一定是那场火灾之后吧。”

“火灾？”

“这个寺院曾在两百年前被火烧毁过。”

“真的？菩萨也被烧毁了吗？”

“是的，烧毁了，烧毁了，烧成了一块黑乎乎的木炭。”

“所以请人修补了？”

“不，烧成了木炭的佛像，再怎么修复也无法恢复原貌的。这是大自然的规律，是难以抗拒的。因此，传说当时的住持就去其他寺院迎了一尊多余的客佛，作为本寺新的本尊。由于是白来的，所以佛像损伤很严重。由于不能直接安置在寺内，便花了很多钱找修补工匠修补。这样的话，说不定还不如买一尊新佛像便宜呢。据说这是祖上某某人留下的说法。”

因某种原因失去本尊的寺院，去其他寺院迎一尊客佛的情况并不少见。

稀罕的是，迎来的客佛竟然是不空羂索观音。

“能不能让我们先看一下佛像？”

压抑不住激动心情的洁探出身子问道。

你催人家干吗？原以为会遭到松浦训斥，没想到松浦只是斜了洁一眼，没说什么。“那就去大殿吧。”住持马上站起身来。

他们走出禅房，沿着落叶覆盖的铺在红土上的碎石小道，来到坐落在山门延长线上的大殿。夕阳已落入寺院背后的群山中，在被夕阳染红的枫树旁边，刚才说的那座梵钟，微微摇晃着它那黑乎乎的身躯，几个小学生模样的孩子正排着队敲钟。

“多美的钟声啊。孩子们敲的钟声别有一种感觉。”

住持眯着眼睛说道。但洁听起来，只不过是模糊不清的闷响。

这座主殿在江户末期一场火灾后被重建，后来又经历多次改建。主殿是本瓦铺顶[1]的寄木结构[2]，面积七间[3]见方，对这座无名山寺而言，也算是相当气派了。无奈地基老化，殿内四面漏风，就在那些枯叶即将覆盖地面的时候，这里变成了冰冷的修复工地。越是想象那种苦难的日子，洁越是兴奋，心脏怦怦狂跳。

他们跟随住持进了内殿，端坐于须弥坛前。住持点亮佛前的蜡烛，隐没在黑暗中的佛像轮廓立刻浮现出来，宛如佛像自己探出了身子。

这是尊一面三眼八臂的木佛，背负叫作飞天光的光环，坐在莲花宝座上。佛像主体跟刚才敲钟的小孩子差不多大小。过去曾

1　本瓦铺顶，平瓦和圆瓦交错铺成的屋顶。

2　寄木结构，指木雕像的主要部分由数根木材结合制作的工艺或构造。

3　间，日本长度单位，1间等于1.8米。

在照片上看到过几尊不空羂索观音，无不给人以威严的印象，但眼前这尊佛像出乎意料地富态温和。

“这就是不空羂索观音啊……”

“是啊，据说是难得一见的佛像呢……不过，总听人说珍贵啦、稀罕啦什么的，我还真是不了解。也许它有什么非同寻常的灵验吧。”

“它是一尊镇守国家、普度众生的观音像。”

松浦注视着佛像说道。

“不空的意思是说，不仅是‘天空’，还要拯救整个宇宙。羂索是指绳子和网。意思就是，用绳子将陷入烦扰的人拖出来。你看，佛像侧面的手中握着的就是羂索。”

“真是法力无边的观音菩萨啊。”

“是啊，不过，‘羂索’并不是一个很好理解的特征。因为人们都喜欢比较形象化的佛祖。比起一张脸的佛像来，人们更喜欢有十一面脸的佛像，大概是觉得越是和人类不同就越有法力吧。所以，十一面观音是最受人欢迎的。因为比起两只手来，有一千只手的话，可以同时拯救很多人吧。所以，日本到处都供奉着千手观音。从这一点来看，不空羂索观音的形象让人觉得难以把握，只有‘内行’才喜欢它呢。”

“确实如此，要是不听你说明，还真不知道它叫羂索观音呢。”

“用绳索救人，虽说是佛，救人的方法还真是像人类啊。”

“我真想问问它，你是不是放牛郎啊。”

“另外，这里的佛像外表风化很严重，服饰雕刻也磨损得看不太清楚了。不过，不空羂索观音像几乎都包裹了一层鹿皮。说起鹿，就要说到春日神社[1]。说到春日神社，就不得不提藤原家族。据说藤原家族对不空羂索观音像的信仰可是相当热衷啊。哎呀，它简直成了藤原家的吉祥物了。这样一来，藤原家以外的民众反而很扫兴，都离这佛像远远的。不空羂索的人气也就随着藤原家的昌盛而高涨，随着藤原家的没落而衰败。藤原家族衰落以后，不空羂索观音佛像好像就没有什么人制作了。”

“那么，这尊佛像是奈良时代制作的？”

“不，如果是的话，早就成了国家级的重要文物了。大概是镰仓时代以后，热心此道的佛像师仿照藤原家昌盛时期的不空羂索观音像制作而成的吧。你看，这尊观音像的眼睛里镶入了水晶，称为‘玉眼’，镰仓时代以后十分盛行。”

松浦扬扬自得地讲的这些知识，洁也知道。虽然也有些修复师，只是将佛像看作残缺品，不关心佛的恩惠或灵验，但洁最感兴趣的是每个佛像的特性及其所蕴藏的神力。也有的住持对供奉

1　即春日大社，旧称春日神社，是奈良县奈良市奈良公园内的一座神社，建于和铜二年（710年），是作为当时的掌权者藤原家族的守护神而建造起来的神社。建设者为藤原不比等。神社例祭日为3月13日（春日祭）。

在寺中的主佛一无所知，却不觉羞耻，对此，洁常常深感愤怒。

玄妙寺的住持自然也不例外，他连御魂祛除的法事都不知道。

“如果使用凿子对灵魂还在其中的佛像进行雕刻的话，会受到惩罚的。所以在开始修复之前，必须暂时取出其灵魂，请回本宫去。为此，需要住持来主持这个拨遣仪式。”

“由我来主持吗？”

“非你不可。”

松浦将天台宗流派举行拨遣仪式的做法告诉了玄妙寺的住持。

住持双手合掌，做成莲花花蕾的形状，把佛的灵魂包在手心里，拇指和小指合在一起，张开中间三个手指做成开花的形状。住持将佛的灵魂放在这朵花上，念着誓言和咒语，请佛回本宫去。

这个仪式需要的时间因做法事的和尚不同而不同，快的话五分钟就可以结束。

“可是，我能行吗？我已经忘记该说什么了。”

“我也会在场的。从明天早上开始吧，不举行这个仪式的话就没法开始修补。”

和有些不安的住持一起离开本殿时，洁再一次回头看了一眼不空羂索观音，试图把佛像的灵魂还未取走时的姿态烙印在眼里。

就在此时，他忽然感到有点儿不太对劲儿。

“松浦兄。”他叫住了正朝殿门走去的松浦。

“不空羂索的真手不是合掌的姿势吗？”

洁记得曾经在一本书上看到过，不空羂索侧手的数量并没有特别的规定，因佛像不同而分为四只、六只或十六只手，但最中间的两只真手必定是合掌的姿势。然而，这座寺院的不空羂索的双手却是张开合掌的印相。

“这应该是一种说法印吧，不是不空羂索的真手。”

“有道理，这可真是奇怪了。”

洁像小孩子有了重大发现似的念叨着，而松浦的回答却很冷淡。

“不过，这个世上奇怪的佛像数不胜数，我在奈良看到的不空羂索观音只有两只手，而且，真手结的是来迎印。”

不空羂索结来迎印——怎么可能？或许是听到了洁内心里不屑的声音，已经迈开脚步的松浦威严的声音在大殿里回响。

“洁，你听着，我不反对你囫囵吞枣地学知识，但佛像不是知识。自己亲眼看到了几尊佛像，不，是几百尊、几千尊后，才能相信自己的眼力。无论谁在哪本书上写了什么，都不能鹦鹉学舌地生搬硬套。”

住持和松浦离开了本殿，就连原本走在洁后面的吾郎也走了之后，洁仍然一动不动地站在冰凉的地板上。尽管对于松浦来说，刚才那番话已经很温和了，但洁听起来，犹如凿子穿透了他的心。那个愚蠢的住持会不会觉得自己是个满脑袋书本知识的后生？吾郎也在暗自嘲笑我吧。洁深感无地自容，再次回头看内殿，忽然觉得只有暗淡的烛火后面那张富态的脸能理解自己的心情，在安慰自己。

本殿外又敲响了低沉的梵钟。

在松浦的指导下，住持顺利主持了拔遣式。从翌日开始，洁白天在本殿铺着的塑料布上忙于修复作业，夜晚和松浦、吾郎一起睡在住持家的客房内。

任何佛像的修复工程都是一样的。首先以松浦为中心再次详细了解佛像的损伤状况，哪里有损伤，需要如何进行修补，由此制订出大致的修复计划。下一步，沿着佛像的接合处，将佛像分解为几个部分。不错，要修复佛像，必须先把佛像解体。

有的住持非常害怕会因此遭到报应，但往往只有解体后才能发现佛像内部的损伤，比如虫蛀、鼠害等。如果是镶嵌式的佛像，由于其内部经常会挖成空洞，很容易成为老鼠的温床。洁曾经在解体的佛像内看过蛇的尸骸。

许多佛像的接合处使用的黏着剂会逐渐变质，致使连接部分产生松动。腐朽的铁钉和锔子也可能成为木质开裂或炭化的原因。无论哪种情况，都必须先清除原来的黏着剂，去除所有的铁钉和锔子。

必须去除的不光是铁锈。现存的中世纪以前塑造的佛像，几乎都曾经修复过一两次，而每次修补时，都必须先去除曾经修补的部分，然后才能开始恢复旧时原貌的作业。也就是说，必须将带有修复师个性和感性色彩的修补部分去除，以便恢复原貌，这样方能让佛像回归本真的形态。

玄妙寺的不空羂索木像虽然不是彩色的，但还是花费了大量时间去除漆箔、漆木屑，以及为了掩盖虫蛀部分的修补布。在这些作业完成后，还原了本来面目的佛像，使松浦也深感愕然。

因为佛像的造型异常妖媚。

洁在第一眼看到佛像时获得的那种富态温和的印象——去除后补部分后，佛体的曲线发生了巨大的变化，因而更加强烈了。原来胸腹部、大腿根部、脚部等表现不空羂索力量的肌肉，大部分都是出自修复师之手。在仔细去除这些修补的痕迹后，呈现出的是一个充满女性特征的柔美躯体。

这种感觉，也许就像是偶然窥见了平时穿着宽松衣服的女人的曲线美时的惊愕和心跳一般吧。这尊佛像所具有的矛盾深深吸引了洁。它宛如在宣扬自己的有勇无谋——仅靠一根绳子来拯救全宇宙的人类，同时，又带给人一种神奇的安宁感。洁为这种不协调而激动万分。

但是，如果他照直说出来，肯定会惹松浦不高兴，这是明摆着的。

“洁，想那么多没用，要多动手。”

“修复现场不需要学者，也不需要艺术家。要成为出类拔萃的工匠，第一要靠经验，第二还是经验。”

“东京人就知道纸上谈兵。”

松浦是修复工房的头儿，出差期间也担任现场主任，在循规蹈矩地修复破损佛像的技术方面，他是无可挑剔的高手。然而，他一向奉行佛像等于修理对象的宗旨，不喜欢深入研究佛像。见洁对佛像研究特别投入，松浦很不以为然，还不止一次地讥讽他说，你干脆去当和尚得了。不过，在同一个工房工作的辰巳前辈经常袒护洁，对松浦说：“这没什么嘛，年轻人就是好奇心旺盛。”

今年春天，这位辰巳前辈因为肌腱炎恶化退休了，他已经六十五岁了。尽管修复工房里有好几个二十多岁的徒弟，但松浦为了寻找能够填补辰巳走后空缺的熟练工，去美术院挖来了一位三十岁的修复师。那位修复师就是吾郎。

美术院是日本最大的修复设施，承接修复全国各地的国宝和珍贵文物的工作，设在京都国立博物馆内的修复工房是其总部。换言之，就是修复师的精英团体。松浦在十七年前自立门户之前，也曾经在那个美术院里工作。因此，他算是吾郎的前辈。

虽说与他们这种师徒关系无关，但在这次出差修复期间，初次和松浦、吾郎搭班作业的洁，总觉得和他们的疏远感日益强烈。

洁是在十三年前投奔松浦门下当学徒的，那时候他才二十岁。虽然洁曾经学过佛像雕刻，但在修复方面却是门外汉。他花了整整两个月的时间每天都造访松浦的工房，终于被松浦收为徒弟。最初的三年间，他只是清扫作业场和打杂，以及帮着照料松浦的孩子们。

然而，比洁年轻好几岁的吾郎，进入松浦的工房还不到两个月的时间，就开始接触佛像、动手雕刻，甚至可以跟随师父出差了。尽管洁知道吾郎是因为得益于美术院的工作经验，但自己苦熬到现在的路程，这个新人竟然一步跨越了。对于洁来说，这自然是个令他不舒服的人。

而且，吾郎远比洁人缘好。工作的时候，他能够不言不语、精益求精地干活，工作以外的时间，他立刻变得能说会道，和所有人都谈笑风生。吾郎是京都市内某寺院住持的三公子，从小在大家庭长大，有着独特的豁达和亲和力。

没过多久，在晚餐的时候，吾郎就和住持、住持的妻子、他们的两个儿子无话不谈了。松浦好喝酒，几杯酒下肚，话就多了起来。晚餐原本就够热闹的了，再加上时常有村民带着蔬菜、水果和河鱼等土产不请自来，所以，往往会变成热闹的宴会。

“这位住持嗜酒如命，他做法事可让人不放心哪。不过，这座寺院的钟声真是好听啊。”

“当当——洪亮的钟声，可以一直传到天上去。”

“那钟声能够穿透人的心哪。”

“可以入选日本一千大梵钟吧。”

洁从内心鄙视异口同声地赞美梵钟的村民们，这些人的文化水准太低了。而村民们也觉得以修复佛像为生的洁他们三人不可理解。

“我年轻那会儿，农户的娃儿在家务农，店家的后生继承家业，可现在跟那时候不一样了。叫啥子高度成长期嘛。能赚钱的活儿到处都是，你们整天捣鼓这旧佛像有啥意思啊？”

一天晚餐时，照例有一帮村民跑来凑热闹，一个村民对洁和吾郎这么问道。

“我是住持的儿子，从小对佛像和佛画就耳濡目染，所以，感觉习以为常，或者说是喜欢上了吧……当我听说有这种专门修复这些古老佛像的手艺，能使它们焕然一新时，觉得比出家拜菩萨更有意思。因为我这人天生就不喜欢动脑子，喜欢干体力活或动手的活儿。”

吾郎很得体地回答后，众人的目光很自然地落到了洁的身上。

“我……”

洁只得开了口，却想不出该说什么好。

“洁原来是想做佛工的。”松浦代替洁回答。

“佛工？”

“就是雕刻佛像的人。他已经读到大学了，却突然退学，来我这儿当学徒。”

松浦这么一说，更引起了大家的好奇心。

果然，一个村民探过身体来问洁：“你为什么改变主意了呢？比起修复佛像来，自己雕刻佛像应该更有意思呀？”

洁恼怒地盯着那个村民。他的脸怎么这么平呢？没棱没角的，就好像多年前被人用凿子随便雕刻出来的眼睛、鼻子和嘴巴，早已风化了似的。他真想对着他咒骂一句：“还不赶紧重新投胎去，雕出个人样再来呢。”

烦躁的洁咽下了这句话，站起身，一言不发地走了。

“洁！”

直到最后，洁也没有回到客厅来。一回客房，他就钻进从来不叠的被子里。那天夜里，酒气熏人的松浦把洁给摇醒了。

“洁，你刚才是什么态度！”

从睡梦中惊醒的洁，刚要坐起来，就被松浦粗壮的大手一巴掌扇倒在床上。洁只觉得眼前闪过一道红光，嘴里一股血腥味。

“你要是不想说话，就干脆别上酒桌了，早点儿回房间老老实实睡你的觉去吧。你小子不在才好呢，省得大家伙都喝不痛快。”

立马就肿起来的脸疼得不行，洁一夜都没合眼。从那天晚上以后，洁一吃完饭，就马上离开饭桌，不再和住持一家及村民们一起喝酒了。

洁在出差时和当地人发生冲突不是第一次了。他不爱说话，不善于和人打交道，除了用别人几乎听不到的声音打招呼外，他不会主动和别人交往。所以无论走到哪里，洁都只能惹人讨厌，从不会受到欢迎。对人冷淡、面无表情、阴郁，无论在哪儿，人们对洁的评价差不了多少。有时候，他还因为皮肤对油漆过敏遭人诟病："他脸上长的东西真难看"。尽管干上这个工作已经十三个年头了，洁仍然对黏着剂里的漆过敏，皮肤经常溃烂。每当皮肤过敏，他就越发不喜欢和别人接触了。

"这有什么，这孩子踏实，是个好孩子，手很巧，只是脑袋不够聪明。这不挺好，将来一定有出息。"

就连唯一赏识洁的辰巳，在只有他们两个人时，也悄悄开导他："对菩萨虔诚当然很重要，但是，也不要忘了尊敬身边的人。人活在世上不是那么容易的，可不要想得太简单了。"

自从辰巳退休以后，洁在职场里就完全陷入了孤独，无法改变了。更何况这个职场兼宿舍的山中寺院，距离有人烟的地方要走二十分钟山路，洁更是懒得去镇子上消遣了。即使去了镇子上，也只有几家小酒馆和摸不清底细的小赌场。

每当松浦心情好放他们俩半天假的时候，洁总是不知该怎么打发时间。与生漆过敏无缘的吾郎有时毛遂自荐地去村里的相扑大会当裁判，有时弹弹住持的吉他，要不就是给住持的二儿子做塑胶模型，片刻都不闲着。而洁只能闷在本殿里，独自面对不空羂索。

孤独使洁越来越被佛像所吸引了。由于已经移魂，佛像没有了法力。然而，看着已经被解体、身首异处地躺在地上的不空羂索的头，洁仍然可以从它的面部感受到它几天前还有的某种温情。那是犹如人类灵魂的某种东西，但是远比人类的灵魂要强大，永远不会被损坏。他从中感受到了不会受到尘世污染，也不会为爱欲而燃烧的超越世俗的灵魂的余韵。

并不是每一尊佛像都可以让他感受到这种灵魂的存在。这种情况应该说是极其罕见的。洁还是第一次接触到，像这尊不空羂索散发出的这般强烈的吸引力。

这吸引力与雕刻的巧拙、像容的美丑、木质的优劣没有关系。从艺术品的价值角度来说，玄妙寺的不空羂索没有那么好看。从写实的面容和玉眼以及木质的风化情况来看，这应该是镰仓时代的作品，但并不属于当时盛行的庆派或是圆派的风格。恐怕是一个无名佛师心血来潮想要雕刻一尊罕见的佛像，就照猫画虎地雕刻了不空羂索吧。也许是计算有误，整体的比例很不协调，基座和光背明显偷工减料。衲衣的雕刻刀法也很粗糙，每一刀似乎都很生硬。

尽管如此，仍能从这尊佛像感受到那种东西。

作为菩萨，足以让人们仰视的某种东西。

作为菩萨，足以为人们带来慰藉的某种东西。

——慈悲。

几天来，洁一直在苦苦思索该用什么词语来形容这尊佛像，最终他悟到了这两个字。这尊佛像并不是特别美，雕刻技巧也不够纯熟。然而，这尊佛像很温暖，它的眼睛和双唇充溢着永恒的慈悲。怎样才能雕刻出这样的佛面呢？

也许是偶然雕刻出来的吧。每一个佛师一生中至少会有一次雕刻出超越自我的佛面来。不过，如果他做不到此时放下刻刀，而是继续雕琢下去的话，就会破坏这一切。但是，这位佛师克制住了自己。他为佛像注入了自己的手创造出来的某种无法想象的东西，也克制了面对这尊佛像时所感受到的害怕。洁很感激那个佛师的忍耐和他的胆量，多亏了他在几百年前创造了这一奇迹，自己现在才能从这尊佛像身上感受到这般慰藉。

感谢之余，洁也产生了强烈的嫉妒。他对这位手艺一般，也不熟悉规范，竟然连真手的印相都会搞错的不入流佛师羡慕不已。想必他是个一辈子都不为人知，未能青史留名便告别人世的贫穷佛师。然而，无论如何，他至少为世人留下了眼前这样一尊佛像。

“我做不到。”

不知是哪一天开始，独自坐在昏暗潮湿的殿堂内，对着横放在地上的不空羂索像的上半身说话，成了洁每天必做的事。

“我是绝对雕刻不出能够植入神灵的佛像的。”

每当回想起在美术大学雕刻系学习佛像雕刻的那些日子，洁就觉得自己那时变成了丧失灵魂的躯壳。

洁在大学时的成绩很优秀，他雕刻的每一座木雕佛像都受到很高的评价，他那灵巧而流畅的刀法让其他学生望尘莫及，连教师们也对他另眼相看。每当受到称赞，洁就感到愤怒，怎么所有的人都被自己欺骗了呢……

“我的确刀法不错，手很灵巧，能雕刻出漂亮、光滑的雕像。可是，仅此而已。只有我是绝不会被自己欺骗的。”

每次开始雕刻新的木像，洁就懊恼万分。每次完成雕刻后，他都会失魂落魄。只有洁知道自己的绝望有多深。大学二年级的秋天，洁突然向学校提出了退学申请。就在那个失意的冬天，洁在某个杂志上看到了佛像修复师松浦的报道，以及他正在雕刻佛像时的照片。

洁立刻赶往京都。没有告诉父母就擅自退了学的洁，无异于和父母断绝了关系。

“我终于找到了。我成不了佛师，因为我缺少某种东西。但是，我可以作为修复师，与佛像结缘。”

从小时候起，比起车子或怪兽，洁便更喜欢佛像。小学、中学和高中时代，他的绰号就叫“佛像”。佛像是他最后的城堡。

“既然我无法用这双手雕刻佛像，那就用这双手去拯救别人雕刻的佛像。我要用这双手让由于劣质的木料、风化的雕刻或低水准的后补而惨不忍睹的佛像恢复原貌——不，要让它们变得比原貌更美。”

洁将自己半途而废的佛师之路的哀怨，不知不觉地投射在了面前的佛像之中。

就是这尊被祭祀在一个愚蠢无知的住持的寺院中，不被那些偏爱梵钟的无知村民放在眼里的不空羂索——

“我一定要把你修复好。我要让你变成天底下最美的佛像，让你变成每个人都不能不伏在地上向你膜拜的最好的佛像……”

只有在无比哀痛地自言自语时，洁才能陶醉在这个超越性存在般的、受到报应的错觉中。

“我一定把你修复好。我一定让你变得完美无缺，用我这双手……”

这个错觉赋予了洁难以形容的感动，他时而双唇颤抖，时而热泪盈眶。

最让洁痛恨的，就是那个钟声。

每当有人随意敲响梵钟，就会打断洁的感动。于是，洁会突然感觉过敏的皮肤奇痒无比，恨不能挠出血来。

洁对不空羂索的非同寻常的依恋，也成为影响和松浦之间关系的障碍。

随着修复工作进入复杂的后半段，气氛变得紧张起来，作业现场在紧张与松弛之间不停转换着。

去除了后补的佛像，还要进行杀虫处理，然后清洁整体，浸泡在合成树脂溶液中强化木质，之后，再用漆木屑和合成树脂把细小的虫洞和钉子眼儿一一填上。这项作业需要极大的耐心，几乎像在手上刻印上木纹一般。至补洞作业完成时，他们三个人已经在玄妙寺工作了两个多月。清晨时，前院已经开始结霜了。到此为止，松浦和洁的对立还没有表面化。

问题发生在这一系列的木质处理完工后，开始进入被称为最后一道工序的新补工程的时候。

所谓新补，就是重新修补因风化或是损伤造成的佛像造型缺损的部分。要使用新的桧木雕刻出部件，为缺少螺发的佛像补上螺发，为失去脚趾的佛像补上脚趾。由于无法知道佛像的原貌，修复师只能想象出一个“大概是这个样子吧”，发挥自己的想象力进行修补。因此，因掌握刻刀的修复师不同，佛像的整体感觉也会有所不同。

“洁，跟你说多少次你才能明白啊。你雕的这只手不适合这个佛像，你去和其他七只手比较一下。”

洁负责为不空羂索侧手中一只手腕以下缺损的左手进行新补工作。他已经修改了好几次，可还是遭到松浦的全盘否定。

“又不是女人的手指，不需要雕刻得那么细。我说过好几次了，要忠实地按照原来的形状雕刻，我们又不是佛具店的修复师，不需要搞得那么漂亮。”

洁并不是不明白松浦的意思，和需要把佛像修饰得华美无比的佛具店使用的手法不同，洁他们修复的是属于文物的佛像，因此修复作业必须以维持原状作为前提，不能脱离保护佛像原貌的目的。洁很清楚这个道理。

可是，这次他却无法做到这一点。一旦开始雕刻新补部分时，握着刻刀的手就不由自主地追求起了超越原貌的优美造型。无论他怎么雕刻，一眼就可以看出，他雕出的佛手比原来的光滑多了。

“洁，你想像佛师一样，把自己的名字刻在佛像身上吗？你如果这么被自我所缚，就无法成为一个优秀的修复师。修复师必须甘当影子，绝不能喧宾夺主，必须消除自我，无欲无求。这是最要紧的。”

一天，当松浦像往常一样训斥洁时，洁忍不住反驳道：“这些我都知道，我也想忠实于原貌的。但是，原貌就一定是完美无缺的吗？”

这句话使一天比一天寒冷的本殿内刹那间冻成了冰，在稍远处进行台座翻新的吾郎用力咳了一声。

“洁，你再说一遍。”

洁虽然害怕松浦的威严，可他管不住自己的嘴。他非常清楚顶撞师父是无法无天的愚蠢行为，但他已经不能退缩了。

因为，佛像就在那里，不空羂索的三只眼睛正看着洁呢。即使佛像的灵魂已经被移走，自己也不能在这尊佛像前顺从松浦。

“就拿这尊不空羂索来说吧，它原来的造型就相当怪异。真手没有合掌，身体曲线也十分柔和，没有一般不空羂索像的那种勇武气势。既然如此，在侧手上也应该雕刻得更加细腻一些，可是那个佛师显然偷工减料了。”

“行啊，洁，你变得出息了，是吧？竟然开始批判佛师了。你算什么东西？”

“我只是想让这尊佛像变得更加完美而已。”

“谁请你这么做了？不空羂索吗？是这尊佛像低头请求你的吗？”

松浦笑了起来。但是洁没有笑，回答说：“它不可能请求我的。但是只要面对着它，我就能够感受到这尊佛像的……”

他原本想说“孤独”，但他犹豫了一下，说道：

“心，我可以感受到它的心。”

笑容从松浦的脸上消失了，他的眉头紧锁，两眼凶狠地盯着洁。那是他在盯着不好修复的破损佛像时的表情。

就在洁移开视线的同时，松浦跨出了第一步。看着大步走过来的松浦，洁紧张起来，以为自己要挨打了。

然而，松浦从洁手里一把拿走桧木，转身叫道："吾郎。"

"在。"

"明天开始，由你负责雕刻这只手。"

洁紧张的身体放松了下来。看来躲过了一顿打，但是——

"请等一下，这是我负责的工作。"

"你和吾郎换一下，你去补基座，完了之后，再去修补光背。不许你碰佛像本身，你得好好冷静一下。"

"请等一下。"

"好了，休息一下吧。休息三十分钟。"

"松浦兄，等一下……请听我解释！"

松浦不理睬洁的央求，走出了本殿。他一打开通向前院的拉门，冰冷的山风便吹进了殿内，刚才隐约的钟声顿时变得清晰起来。

开什么玩笑，我不能碰不空羂索，开什么玩笑。我已经和它约好了，我要把它修好，由我来修复它。我要让它变得完美无缺——

洁小跑着去追松浦。洁想抓住松浦，揪着他的胸口用力摇晃，对他大吼，少跟我开玩笑，让我来雕刻，把佛像还给我。洁想要冲着松浦大声嚷嚷一通。

可是，当洁站在被风吹得咔嗒咔嗒作响的拉门外面时，不知怎么找错了发泄的对象。他并不是对着走过前庭的松浦，而是冲着在寒冷的天空下没完没了地敲梵钟的孩子们咒骂：“讨厌。有完没完哪。吵死人了。没法干活了。你们都给我滚。”

孩子们被他凶神恶煞的样子吓得不敢吭声，于是他们最后敲的钟声显得格外响亮。还没等钟声消失，松浦就已经怒气冲冲地跑了回来。

洁只觉得受到了猛烈的冲击，好一会儿他才意识到自己的左脸吃了狠狠的一拳。然而，洁真正感到疼痛，是几十分钟后被松浦泼了一脸冷水时，这时他才从昏厥中醒过来。

那天晚上，洁的脸肿得不成样子，疼得无法入睡。即使紧紧裹着厚厚的被子，仍有冷风从缝隙里钻进来，因此旁边背朝着洁睡觉的吾郎好像也没睡踏实。平时，只要一关灯，就可以听到他的呼噜声，今晚却一直没有听见。

“我问你，”终于，吾郎不安地说出，“松浦兄怎么还没回来？”

傍晚，受村民之邀去镇上小酒馆喝酒的松浦还没有回来。

洁肿起来的嘴唇露出冷笑。

“老毛病又犯了吧。”

“老毛病？”

“女人呗。”

此时此刻，估计他已经上了在小酒馆认识的女人的床了。松浦爱玩女人也不是今天才开始的。每到一地，过一两个月后，和当地人一旦混熟了，他就常常夜不归宿。

“他不是常说要和当地居民打成一片吗？真是说到做到啊。”

说得是啊。吾郎吃吃笑了起来，然后，他慢慢翻过身来面对着洁说：

“没错，和当地居民的交流的确很重要。弄僵关系了，会感觉很不自在。在这种穷山沟里，遇事要忍着点儿。”

洁觉得吾郎在暗指自己白天耍脾气的事。吾郎没有提及洁肿起的脸颊，是想要显示他自己出身名门的家教，这反而让洁心里生气。

“你那么讨厌那座钟吗？”

吾郎说话的语气一直很平淡。

“每天都这样当当地敲个没完，谁都会烦死的。”

“不过，那座钟对这里的人来说，是一种祈祷。”

“祈祷？”

“这里的人之所以喜欢那座钟，不光是因为钟的声音好听，更因为有一个传说，这是前几天小酒馆的欧巴桑告诉我的。”

以前，这个村里的一个姑娘爱上了门不当户不对的武士家的儿子。然而，这对两情相悦的年轻人被气愤之极的男方母亲拆散了。绝望的姑娘抱着最后一丝希望，每天来到玄妙寺上香拜佛。每天晚上，她都用力敲响那座钟，希望心上人能够听到她的钟声。姑娘一天比一天消瘦，但她还是每天拼命爬上石阶去寺院。终于在第一百天的晚上，奇迹发生了。她用尽最后的力气敲响的钟声传遍整个村庄，曾经激烈反对他们相爱的母亲——

“终于被打动了吧？这种故事太俗了。”

“不是，当第一百天的钟声响起时，那位母亲心脏病发作死了。”

“什么？”

“因此，那个女孩终于和心爱的男人结合了，有情人终成眷属。”

——这应该叫作诅咒之钟才对。

洁吃惊得说不出话来，吾郎感慨地说：“这是一个多么美好的故事啊。”

“所以，比起佛像，这个村里的人更信仰那座钟。他们认为，只要敲响那座钟，愿望就会实现。对于喜欢佛像的你来说，或许无法理解，但是每个人都可以自行决定自己的信仰啊。”

完全是自命不凡的胡说八道，难道你以为我会因为一两个无聊的传说就服软吗？

怒气难平的洁的语气也不客气起来。

“你别误会我的意思，我对村里那些人没有任何想法，只是觉得钟声太吵。”

“声音并不是很大啊。”

“我干活的时候是全神贯注的。别说是钟声了，就连虫子叫我都烦。”

“是吗？我专心干活的时候，什么都听不见的。”

“你说什么？”

“我在干活的时候，听不见钟声，也听不见虫子叫。”

洁猛地坐了起来，就好像有什么东西把他从床铺上拱起来似的，露在被子外面的背部觉得凉飕飕的。

“你……”洁本想说，你想跟我对着干吗？但他忍住了，改口为，“你是想雕刻不空羂索的手吧？”

“没办法呀，这是工作啊。”

“那是我的……”洁想说那是我的佛像，但还是忍住了，“那是我的工作，不能交给你。”

“这可不是你能决定的。是松浦兄的命令。”

“你雕刻得出来吗？你有自信吗？”

“不试试看怎么知道啊？”

“你雕刻不了。”

“这事不是由你决定的。”

再争论下去也是徒劳。

“走着瞧吧。”

洁恼怒地甩下一句，重新躺下，用棉被裹紧了身体。他故意用力翻身，发出很大的声音。每次翻身，被松浦打肿的脸就碰到枕头，更加剧了疼痛。

那天晚上，松浦没有回来睡觉。

最终，在后来的修复作业中，洁只能负责基座和光背的修复，不得碰不空羂索的佛像本体一个指头。松浦是一个言出必行的人。不过，他并没有禁止洁在半天休假或是私人时间进入本殿冥想。

我一定要亲手把你修复得完美无瑕。洁每一天都在为自己这个无法兑现的誓言向不空羂索道歉。只要一有时间，他就去本殿忏悔，甚至有一两次他因为觉得自己实在太窝囊而哭了出来。

这就叫作祸不单行。

到了落叶树渐渐剩下光秃秃的枝丫，山中也变得萧索一片的十一月中旬，距离修复完工还有十天不到的时间了。这时，洁的女友打电话到玄妙寺。虽然洁没有告诉她这里的电话，但那个叫成美的女人循着寺院的名字，自己查到了电话。

“你别给我打电话，我出差呢。”

成美在洁经常去吃饭的定食屋工作，他们已经好了三年了，但她还是第一次往出差地打电话。被住持叫去接电话的洁不耐烦地说着，而电话那头传来成美带着哭腔的声音，使洁的怨气消去一半。

“请原谅，我不知道该怎么办。想来想去，实在是烦恼得不行，觉得还是应该早一点儿告诉你……”

“怎么了？到底发生什么事了？”

“我怀孕了。”

“怀孕？……”

“在你去那边以后发现的。本来我想等你回来再告诉你，可是越来越觉得不安……现在已经三个月了，就在我肚子里。”

洁感到不寒而栗。

偶尔会在解体佛像内发现一些贡品，有内藏水墨画的五轮塔[1]，有石制的舍利子，有水晶珠，还有记录修理过程的木牌，甚至还会有短刀或笛子。这些都是先人有意事先留在里面的，赋予它们某种祈愿。发现的人只须解读其寓意，口口相传即可。因此，才能够从中感受到一番惊喜，陶醉于转瞬即逝的浪漫情绪之中。

可是胎儿是另一回事。它并不是被当作可以解读的符号送到这个世界来的，而是一切都要从零开始染色的纯白。这是最让洁害怕的。他害怕和他人一同扛起这纯白生命的重担。

1　由五个不同形状的层次堆成的塔，分别代表古代印度象征构成宇宙的五大要素。

“我知道你不想要孩子。所以，你不想要也没关系，我也不要了，你不用担心。不过，我还是想问一下你的想法，只想问这一次。”

我不要孩子。我赚的这点儿钱，根本养活不了妻子和孩子，你就死了心吧。

但是，洁还是把已经到嘴边的话咽了下去。

“再过十天我就回去了，你等我回去见面谈吧。”

那一整天，洁无论做什么，成美的肚子都在他眼前晃悠。

他并不是讨厌成美。成美是一个沉默寡言的女孩子，从不要赖撒娇，总是默默地陪在他身边。她笑不露齿，低眉善目，动人的嘴唇仿佛会说话。含情脉脉——这种内敛的感情表达很动人，洁望着她的表情，常常会联想起慵懒的如意轮观音。洁就是迷上了她这一点。回想起来，洁的初恋对象酷似法隆寺的九面观音像，第一次上床的女人也和善通寺的吉祥天立像一个模子刻出来似的。

可是，成美是活生生的女人，所以才会怀上洁的孩子。虽然洁能够理解这件事，却完全没有真实感。成美生下孩子，自己成为孩子的父亲，这未来的影像就像是拉洋片里的纸人表演一样。

结婚、孩子、温暖的家庭，从这类事情中洁一向找不出任何价值。既然不顾收入低微，选择了与佛像结缘这条路，那么与这种个人的幸福诀别，便是自己应该付出的代价，也是准备牺牲世俗生活的证明。像吾郎那样兴趣广泛，或是像松浦那样好色的修复师，洁觉得根本不可信。那种凡夫俗子根本没有资格碰佛像。我和他们不一样。为了用永恒不变的价值照亮我人生的菩萨们，我要把自己从头顶到脚尖的一切都奉献出来。从自己最初被佛像吸引的过去的某一时刻开始，到有朝一日将会离世的未来某一时刻为止，我要将这一整条线，毫无间断地奉献给菩萨——

那天夜里，洁趁着松浦和吾郎睡熟后溜出禅房，悄悄走进了本殿。在没有月光的一片漆黑中，他蹑手蹑脚地走进内殿，用手电筒照出了日渐恢复七百年前容貌的不空羂索。他嘴里呼出白气，浑身颤抖着，面对佛像伫立了很久。

不知过了多长时间，头发几乎要结霜的洁，从早上就一直心神不定的内心，已经完全平静下来了。

虽然非常对不起成美，但还是必须让她放弃孩子。如果她想和自己结婚的话，就尽早和她分手。

我要和菩萨共度此生。

那天晚上，洁把冰冷的身体再次裹在被子里后做了一个梦。

尽管是在梦里，却同样充满了夜的气息。四周一片黑暗，连自身也浸没在漆黑之中。洁蜷缩在这暗夜中。不久早晨的气息改变了暗夜。那是光。忽然出现的黄金色嘴巴，不停地吸进黑夜，嚼碎后吞下去，逐渐扩大光明的领域。只有光的速度才是宇宙的呼吸，它那耀眼的呼吸所及之处，便有新的空间诞生。眼睛逐渐适应之后，洁才看出原来是光背。从这片光芒中浮现出朦胧的轮廓的，正是洁在这两个半月来每天都在凝望的那尊不空羂索。它端坐在神圣的光环前，面容充满了慈悲。“救救我。”不知怎么，洁脱口说出了这句话。他从来没有向菩萨求助过。相反，他一直渴望自己能够为菩萨做点儿什么。“救救我。”“救救我。”“救救我。”梦中的洁不顾洁的迷惑不解，不停地呼救。“你要我做什么？”不空羂索额头正中央的第三只眼——真实之眼问洁。我想要精进佛道，不被人世间的温暖幸福所束缚。我想要向你再靠近哪怕是一两步。洁鼓起勇气想要这么说。然而，梦中的洁说出的话却是完全不同的内容。我身上太痒了。我的皮肤对漆过敏而溃烂，太痒了。越挠越红，这样子根本无法见人。太痒了。太痒了。太痒了。梦中的洁在说什么哪！洁惊恐万分。然而，不空羂索那温和慈祥的面容依旧，它向洁伸出手来，指尖轻轻抚摸着洁皮肤过敏的脸颊。梦中的洁安心了，渐渐放松下来。菩萨的另一只手抚摸着洁的另一边脸颊。洁流下了欢喜的眼泪。这时，又有一只手抚摸着洁的脖颈，为他擦去眼泪。洁禁不住发出了叹息。这时，另一只手抚摸他的嘴唇，不让他叹息，甘甜的喘息润湿了洁的嘴唇。这时又一只手抚摸起洁的身体来，仿佛要让这润泽遍布他的全身。洁忍不住向后挺起身子，几乎仰面朝天地躺倒下来。这时，另一只手温柔地托着洁的背，让他慢慢地躺下来。洁在菩萨面前像婴儿一般，尽情地伸展开自己的身体。于是，另一只手在他身上蠕动，为他带来了令他窒息般的兴奋。洁大口喘息着，不停地扭动着身体。另一只手握住了洁最兴奋的部位。八只手轮番上阵，随心所欲地抚摸着洁。那是无尽的慈悲与无边的淫亵相互交织的爱抚。这飘飘欲仙的快乐——梦中的洁发出声嘶力竭的呻吟声时这样想。

这飘飘欲仙的快乐——

这飘飘欲仙的快乐——

这飘飘欲仙的快乐——

是在这尘世里不可能得到的。

洁醒来的时候，想起在梦中达到顶点后得到释放的自己，没有感到任何羞耻，也没有一丝罪恶感。

不是我侵犯了菩萨，是菩萨侵犯了我。

现在，我和不空羂索紧密结合了——

洁已经变成了菩萨，菩萨即是洁了。这意味着自己已经摆脱了昏暗的人世间。

多么让人自豪！

多么爽快！

怎么可能感到羞耻和罪恶呢！

因此，从那天之后，即使作业时不能触摸不空羂索本体，即使距离修复结束，和佛像分离已经没有多少时日了，对洁来说都不再是问题了。即使不能触摸，我也和不空羂索结合在一起了。即使离开这座寺院，也将会被一条永恒的线连接到永远。这一真实感，这种矜持，令洁对人世间的不如意之事变得格外宽容。我不会再理睬那些无聊的俗人，我将和菩萨永结同心，共度此生。

如果离开此地的前一天没有发生那件事的话，或许洁这一妄念永远都无法改变。

离开此地的前一天——修复作业已经全部结束，他们准备第二天离开寺院。这一天的钟声比平时更多次地被敲响。下午要举行为平安回归须弥坛的佛像迎灵的仪式，为此，一大早村民们就拥进寺院，打扫因修复作业而弄脏的本殿。小孩子们负责打扫前庭。其中一个拿着扫帚的小孩子，每次经过钟楼前都会敲一次钟。

工具在前一天就已经打包邮寄出去了。洁躺在度过了三个月时光的客房内听着钟声。如果松浦在，一定会呵斥他去帮村民打扫的，幸好从昨天晚上起他就没有回来。

吾郎正在檐廊上和住持的二儿子玩耍。已经和吾郎非常熟悉了的二儿子在吃早餐时，突然哭着说“不要你走”，让大人们不知如何是好。结果，吾郎不得不陪他玩藏猫猫，帮他组装新的塑料模型，想出各种招数来安抚他。所以，除了钟声以外，洁没有受到任何打扰，有充分时间思考回家后该如何向成美提出分手的事。

松浦板着面孔突然回来时，已将近吃午饭，打扫寺院的村民也已回家午休了。对于昨晚一夜未归，他没有一句解释，只是一言不发地坐在餐桌旁。餐桌很丰盛，摆满了村民们送来的蔬菜和河鱼炸的天妇罗。正当大家少有地埋头吃饭时，“不要你走”，住持的二儿子再次哭了起来，叫着“不要你走”，打破了这沉默的气氛。

这时，松浦终于开口道：

“不许哭！”

他这充满威慑力的呵斥，使餐桌上更安静了。二儿子含着眼泪，一动不动地愣在那里，鼻子里发出奇怪的声音。大口吃着茄子天妇罗的住持——只有他一个人没有停下筷子，对儿子说：“对啊，儿子，不能哭。你这么一哭，男人会很难过的。”

不过，松浦的不悦并没有持续太久。那天下午，他向住持传授了迎回不空羂索灵魂的仪式。完成所有任务后，天色还很亮，他就开始喝酒。天色暗下来时，他已经喝得酩酊大醉了。洁以为和依依惜别而聚来的村民的告别宴会会一直持续到天亮，但夜深之后，人们一个接一个地离了席。最后，宴会就像余音袅袅的钟声般一个人都不剩了。

平时从不贪杯，只是作为应酬的一个方式而喝点儿酒的吾郎回到房间时是晚上十点多。松浦哼着洁没听过的演歌回来时，已经十一点多了。醉得一塌糊涂的松浦摇摇晃晃地走进房间，一下就倒在榻榻米上。到了这个程度，即便是千手观音也无法把他那壮实的身躯拽进被子里。松浦会在原地一直躺到早上的。他趴在榻榻米上不到五秒，就鼾声如雷了。洁等的就是这一刻。

确认吾郎也发出了均匀的呼吸声后，洁悄悄地溜出了房间。他的去处已经不言自明了。半夜三更的本殿冷得像个冰窖，洁拿着手电筒的手抖得照在前方的光柱都忽忽悠悠的，但这冷气仿佛能够衬托出殿内庄严的气氛。洁的脸颊冻得阵阵生疼，披着大衣的肩膀冷得僵硬，这些都是自己对菩萨虔诚的明证。无论火的灼热，还是冰的寒冷，任何东西都无法挡在我和菩萨之间。

完成修复后，再度移入神灵的不空羂索若无其事地端坐在原来的须弥坛上。被虫蛀的洞填上了，破损的部分也已经修补好了，经过最后的着色被重新组装起来的佛像，远远望去和修复前几乎没有什么不同。以维持原状为首要修复原则的松浦认为，那种使佛像脱胎换骨般的“过度修复”根本不是改善，而是改恶。为了使佛像能够更加长久保持原貌，甘做无名英雄才是他的追求。

换作是我，会把手雕刻得更优美，会把脚雕刻得栩栩如生，比原来的美丽好几倍。虽然观察细微之处的话不满意多多，但洁以此来说服自己。无论松浦和吾郎怎么修补，用真手触摸到菩萨的人只有我。

洁回想起那个让他无比销魂的夜晚。现在他才明白，那是一种仪式，是把不空羂索的神灵注入自己体内的一种仪式。因此，自己即使离开这座寺院，也将永远和这尊菩萨在一起——

洁由衷地感谢不空羂索。

感谢佛之圣心把自己带离落满俗尘的人世。

感谢让自己决心终身精进佛道的那八只手。

洁无法战胜最后再触摸一次佛像的诱惑，继续走向须弥坛。

虽然是已经触摸过无数次的佛像，但近在咫尺却感觉无比遥远，无比漫长。

最后一步。

只要再伸出手去就可以触摸到佛像，可以和已经注入神灵的御体交合。

当洁用力迈出最后一步的一刹那，只觉得身体飘向半空。他在被村民们擦得锃亮的地板上滑倒了，仰面朝天地向后倒下去。当洁为了保持身体平衡，下意识地挥舞双手时，右手拿着的手电筒撞到了什么东西，发出哐当的不吉利声音。紧接着咚一声，什么东西掉在了地板上——

一屁股跌倒在地上的洁仰望着天花板，一动也不动地看了很长时间。如果可以，他愿意永远这样看着天花板。因为，他害怕确认刚才天花板下面发生了什么事。

发生了什么事?

他鼓起勇气，战战兢兢地将目光转向地面。在光溜溜的地板上有一个模糊的小黑点，是个小拇指长短的木片——捡起来一看，是那个小拇指。

洁吃了一惊，回头仰望不空羂索，它向左右伸出的六只侧手中，右下方的那只手上缺了个小拇指。

洁的全身一阵战栗。昨天终于结束了漫长的修复工作而焕然一新的佛像再次破损了。而且损伤的人竟是身为修复师的自己——不可原谅。怎么能够原谅呢?罪恶感令他恐惧，握着那个小拇指的手掌全都是汗。但同时，他也很清楚地知道自己面临的困境。

我该怎么办?

修复用的工具昨天已经寄回去了。如果再把工具寄回来，用漆黏合断指，然后重新调色，还不知道要花几天的时间呢。不，这件事要是让松浦知道了，自己肯定会被他打个半死，会把自己打得下不了山。还有那个笨住持和那些村民不知道会说我什么。吾郎那小子绝对会偷着乐。我可受不了——

可是……洁不敢直视不空羂索的面容，独自纠结起来。再怎么说，我也是修复师，不能让这根手指这样缺损着。到了早上，一定会有人发现的。坦白自己的过失，负起重新修复的责任，是自己唯一可选择的路，这是不言而喻的。

可是，这么做的话，就会被松浦打个半死——

可是，可是，可是……

殿内突然响起的声音，把洁从一直在原地转磨般的思绪打断了。洁正在须弥坛前一筹莫展时，身后传来嘎吱吱的拉门声。

洁猛然一回头，对方手电筒的光照在他的脸上。一个模糊的人影从拉门那边走了过来。

“本岛吗？”

是吾郎的声音。

“你不要过来！”

洁叫起来。然而，吾郎并没有停下脚步，一边漫不经心地说，一边走了过来。

“松浦兄吐了。”

“什么？”

“你知道哪里有水桶和抹布吗？”

“不要过来。”

“你不要我过去，可是不能不打扫啊。臭死了，没法睡觉。”

吾郎晃晃悠悠地走进殿内，来到手电筒的光线照到的距离，终于意识到洁惊慌失措的表情不对。

“怎么了？发生什么事了？”

吾郎奇怪地问道。洁完全死了心。一切都完了。不空羂索的小拇指从虚脱的洁的手上掉到了地上。

吾郎一眼就看出了那是什么，他似乎吓了一跳。吾郎的手电筒从洁的脸上移开，照在佛像侧面的手上，灯光在佛像侧面的手上和地上的手指上来回晃动着。

你知道怎么回事了吧？无所谓，嘲笑我吧，骂我吧，赶快去向松浦告状吧。

然而，吾郎捡起地上的小拇指，盯着它看了半天，然后说道："需要塑胶模型用的强力胶的话，我那儿有。"

琵琶湖波光粼粼，反射着爬到天顶的白晃晃的阳光。早春的湖面烟雾迷蒙，蕴含着梦幻般的风情。潮湿的风吹拂着半白的头发，洁回想着被幻觉所左右的年轻岁月。

只靠着虚幻的万能感和自尊心度过的那些日子。

无根无据的坚信。

没有理由的焦躁。

没有结果的约定。

"我那时候完全看错了自己，太自以为是了，真是不自量力。"

洁靠在人行道与湖岸的隔离网上，连着抽了三支烟。点着第四支烟的时候，洁才终于提起"那件事"。

“现在我才明白，我根本就没有一点儿想把自己的人生奉献给菩萨的打算。我是因为对自己不满，想要改变自己，才接近菩萨的。那件事终于让我认清了自己。我还没有那么厚脸皮，能够继续留在松浦兄那里。”

对于洁的近况，通过电话已经知道了个大概，所以吾郎并没有表现出惊讶。

“不，你这家伙真是个佛像痴，我到现在都做不到像你那么投入。所以，当年你突然消失时，我还挺担心的。松浦兄很固执，不曾提起这件事。不过，打那以后，他就不再打徒弟了。”

所以，很多后辈都很感激你呢。吾郎半开玩笑地说道。

“不过，我真没想到，你竟然会改行经营家具。”

“逃回东京后，无论是上班族或是餐饮业我都干不长久。最后，还是得靠雕刻的手艺吃饭。衣柜、桌子、书柜、碗柜……我什么都雕刻过。”

“没想到，你竟然放弃了佛像雕刻。”

“不是……”洁停顿了一下，“其实，这几年来，我又开始拜访各个寺院了。虽然多年来，我都觉得没脸见菩萨，可又觉得这样下去，到头来我死也不能瞑目。所以，只要有时间，就会带着家人去向各寺院的菩萨忏悔。”

“家人？”

“就是那个时候交的女友和她肚子里的孩子，今年已经二十五岁了。”

“你和她结婚了？”

“我跟她说我要回东京，她就跟着我去了东京。当然，还有她肚子里的孩子。”

“人生真是乱套了啊。”

“是啊。不过……”

吾郎用疑问的眼神看着欲言又止的洁。

“不过，我内心里很庆幸这样乱了套。不，每次看到老婆和女儿的脸，我就发自内心地这么想。幸好我当时没有和她分手，没有葬送女儿的生命。”

洁抬头仰望如同利刃般划破天空的飞机云，眼里顿时充满了泪水。回想起来，自己原本就是一个爱哭的男人。洁把过去的自己和现在的自己重叠在一起，不禁含着眼泪笑了起来。

“也许是我自作多情吧，我总觉得那尊不空羂索拯救了我，总觉得那尊佛像牺牲了自己的小拇指，拯救了我女儿的命。”

“那尊佛像救了你女儿的命？”

“是不是自作多情啊？”

“不，也许真的是这么一回事。”

听到吾郎断然的口吻，洁反倒露出不解的表情。

“为什么？”

“我一直想，什么时候见到你的话把这件事告诉你呢。”

“什么事？”

“五年前，我又去了那座玄妙寺一次。去的时候，顺便把那个手指用漆重新粘结实了。”

“所以，你不必再为这件事感到自责了。”吾郎又继续说道，“不过，我要告诉你的并不是这件事。”

五年前，吾郎受当时住持的二儿子纯喜之邀，再次造访了玄妙寺。那次出差修复结束后，纯喜对吾郎仍然念念不忘，凡事都写信给吾郎，听他的意见，吾郎也很认真地给纯喜写回信。他们之间的通信长达二十年。其间，纯喜多次来京都市内，但吾郎从来没有去过玄妙寺。

五年前，因住持的长子入赘到老店味增田乐屋，纯喜继承了僧职。纯喜打电话给吾郎，说是关于佛像有事要跟他商量，可以的话，希望吾郎能够亲自去寺院一趟。啊，小拇指的事终于露馅儿了……做好充分心理准备的吾郎来到寺院后，没想到纯喜跟他说的完全是另一码事。

“前不久，有一位号称是国家文物调查员的大叔到我们寺院来了。他说要对这一带的寺庙和佛像进行一下普查，珍贵文物要作为国宝呈报上去。所以，我领着他到处看了看。国宝级的文物我们这里不可能有，不过我爸说，那座梵钟说不定够格呢。我抱着很大的希望，但调查员大叔目不斜视地走过钟楼，抱着膝盖在缘廊上坐了很久呢。当然，这也没什么可说的。问题是，那位调查员大叔说了一句莫名其妙的话。”

“莫名其妙的话？”

“他说，寺院的本尊不是不空羂索观音。”

那座佛像不是不空羂索观音——

“什么？纯喜，这到底是怎么回事？”

“他好像说的是准、准……什么的。名字我忘记了，他说这佛像原本是另一个什么观音。我们的祖先从其他寺院迎来这尊佛像时，不是曾经修复过它吗？他说是在那次修复的时候，改动了观音像的一部分，把它变成了不空羂索。”

吾郎的脑子飞快地旋转起来。他回想起二十年前亲手修复的这尊不空羂索的姿容，之所以没有立即否定纯喜从调查员那里听来的话，是因为吾郎也曾经抱有同样的怀疑。

“纯喜。”

吾郎马上站了起来。

“可以带我去看看不空羂索吗？”

“当然可以，我就是为了这个请你过来的。”

两个人快步走到本殿，前庭内被早早隐退的前住持打扫得一尘不染，村里的孩子敲打的梵钟发出和二十年前完全相同的音色。时隔二十年，再次见到的不空羂索也和修复结束的那天毫无改变。吾郎再次感慨，和以数百年为单位变化的梵钟和木像相比，人的一生是多么短暂啊。

佛像的小拇指也保持着当年洁和吾郎用强力胶黏合后的样子，并没有不协调的感觉。虽然和号称具有千年耐久性的漆相比，市场出售的强力胶是靠不住的，但它居然支撑到了现在。

吾郎在罪恶感和安心感之间踌躇了片刻，将整个佛像重新审视了一遍。

这尊佛像不是不空羂索？

的确，这很有可能。认为这尊佛像是不空羂索的最大理由，就是它侧面的一只手上拿着羂索。然而，即便没有调查员指出这一点，这尊佛像也有着一个即使拿着羂索也无法断定就是不空羂索的秘密。

“纯喜，实话跟你说吧，虽然我们没有告诉你父亲，但这尊佛像手上拿的羂索是后补的。”

“后补的？”

“就是修复师后来加上去的，并不是镰仓时代制作的佛像原来就有的。”

纯喜好像没有弄明白。

“嗯，可是，那位修复师为什么要把原来没有的东西给它安上呢？”

“有两个可能。第一个可能是佛像原来侧手的羂索破损了，所以修复师就需要制作新的羂索。”

“嗯，这个符合情理。”

“另外一个可能就是……佛像原本并没有握着羂索，是修复师把羂索放到它手里的。”

“这就不合情理了，他为什么要这么做呢？”

“这个嘛……是为了让这尊佛像看起来像不空羂索。”

“什么意思？我越听越不明白了，要不要去把我父亲找来？”

“不用，这件事还是你我两个人知道的好。”

见纯喜突然慌了神，吾郎慢慢地解释给他听。吾郎暗想，纯喜这种毛毛躁躁的个性和前住持一模一样，因此，想必他也会成为深受村民爱戴的住持。

“老实说，当年修复这尊佛像时我也曾经产生过疑问。因为，这尊观音像的体形、容貌完全不像不空羂索。就像本岛说的那样，真手也不是合掌。所以，我就和松浦兄探讨过，这尊佛像有可能原来是其他菩萨。不过……”

如果这件事传到洁的耳朵里，不知道会闹出什么乱子。依着洁的性格，他一定会积极地去解开这尊佛像的谜团，弄清楚它的真身。但是，其结果很可能给住持带来困扰。

改造佛像的局部，塑造成其他菩萨，并不是特别罕见的事。某些寺院因为住持更迭等因素导致宗派改变时，就必须更换符合新宗派的本尊。以前，有些寺院为了节省重新塑造一尊佛像所花费的用工和费用，只局限在改动可以决定佛像种类的真手或手上所持的东西。比方说，只要改动真手的结印，就可以将大日如来轻而易举地改造成释迦如来。

可惜的是，负责玄妙寺佛像改造的修复师似乎只具有“不空羂索侧手上拿着羂索”程度的知识。虽说是在江户时代，不像现在研究这么深入，但那位修复师犯下了忽视改造真手的严重错误，这一错误成为遭人质疑的原因。

如果这个怀疑属实，那么，当时如此改造本尊一定有其不得已的原因。洁肯定会为了弄个水落石出而不去顾及这些问题的。所以，松浦命令吾郎绝不能对别人说。

“按规矩必须去除后补的部分。也就是说应该连羂索也一起去除之后，按照最初的造型重新雕刻。但是如果这佛像本来就不是不空羂索的话，原来的造型当然也不可能是不空羂索了。原本没有的东西不可能修复出来，搞不好还会引起本岛的怀疑。所以，松浦兄就保留了羂索的部分。”

在对纯喜进行上面这番解释时，吾郎越来越觉得松浦可能在二十年前就已经确信这尊佛像不是不空羂索了。尽管这样确信，他还是将这份怀疑深埋在心底，并且严厉叮嘱纯喜连住持也不许告诉。这是为什么？因为这尊佛像的真身一旦曝光，会引起很大的麻烦。

克制着内心的激动，吾郎转身面对眼前的佛像，正襟危坐。

一面三眼八臂的木雕。如果是不空羂索的话，真手应该是合掌，而现在却是结印。“这尊佛像怎么这么妖艳哪。”吾郎记得松浦这么自言自语。对了，去除后补后，这尊佛像的线条宛如女人的身体一般

“啊……”

答案自动出现了，所有的谜团都解开了。

“是准胝观音[1]。”吾郎猛然回头对纯喜说道，“纯喜，你回想一下，那个调查员大叔说的是不是这尊佛像原来是准胝观音？”

“准……啊，是的，好像是这个名字。”

这一刹那，多年来和小拇指那件事一起压在吾郎心头的谜团，仿佛终于拉开了厚厚的幕布一样变得透明起来了。

“纯喜，”吾郎抓住纯喜的肩膀，在他耳边压低声音说道，“这尊佛像的秘密，我将一辈子埋藏在心里。这尊佛像的真实情况如果被人知道了，就无法供奉在这座寺院里了。所以，你要一辈子守口如瓶。不过，我再告诉你一个秘密，请你务必一辈子埋在心里。追根寻源的话，也可以说是你的塑胶模型引起的悲剧。”

1　又称准提佛母，为佛教中显教、密教所共尊的大菩萨；因为音译不同，又作“准提菩萨”“尊那菩萨”等，密宗称之“莲花部诸尊之母”，乃至“七俱胝（七亿）佛母”。

“准胝观音……”

从吾郎嘴里听到这个难以置信的事实后，洁仿佛头昏眼花似的用力摇了摇头。

“你是说那尊不空羂索其实是准胝……”

吾郎的话完全出乎洁的意料，他一时头脑陷入混乱，越是努力回忆，记忆仿佛越发模糊起来。

难道说，这二十五年来我一直都搞错了吗？自以为比任何人都了解那尊佛像的我，原来比任何人都不了解它吗？

不是真的。他内心深处抗拒着，但同时，他也在静静地接受这个事实。

“三眼……八臂……的确有可能是准胝观音。不，其实那女性般的面容……”

准胝观音和不空羂索一样，额头正中央都有第三只眼，其真手结印、侧手的数量也同样不固定。要将准胝改造成其他佛像的话，谁都会选择不空羂索的。因为，这两尊佛像的基本造型非常相似，还经常被人拿来比较研究。

然而，这两尊观音有着根本的不同。不空羂索是拿着绳子普度众生的勇武观音，准胝则是被称为“佛母”的菩萨之母。

“佛母……菩萨之母……”

洁注意到一个问题。

“可是，这么说来，那尊佛像除了真言宗以外……”

“没错，因为准胝观音的性质和其他观音有极大的差异。所以，除了真言宗以外，其他宗派的六尊观音中不包括准胝观音。玄妙寺的天台宗也是如此。所以，按规矩，准胝根本不可能成为玄妙寺的本尊。”

“对，至少不能以准胝的姿态来供奉。”

“所以，才改造成了不空羂索。怎么样，我猜对了吧？”

洁无法予以否定，于是，吾郎更加自信地说了下去：

“本尊因火灾烧毁后，玄妙寺的祖先迎回了一尊准胝。迎来的时候毫不知情，后来才发现是佛母，肯定是愁死了。因为不可以将自己所属宗派不认的观音菩萨佛像作为本尊，可是又不能再送回去。思来想去，最后只好改成不空羂索了。”

洁仿佛虚脱了似的，连抵抗的力气都没有了。

“我没有想到，我每天都看着它，却从来没有想过这一点。”

“那是因为先入为主，你认定那是一尊罕见的不空羂索，不仅真手与一般羂索不同，面容和肢体也很独特，你被这种独特迷住了，所以说恋爱是盲目的。”

“这跟恋爱有什么关系？”

“不，那也是一种恋爱。我一直担着心呢，生怕你哪天会带着那尊佛像逃走。后来知道你带走的是有血有肉的女人才松了口气。”

吾郎调侃着脸色阴沉的洁，笑了起来。忽然他又变得严肃了，说：“不过，准胝虽说不是什么大菩萨，但听说在真言宗的几个寺院内至今香火仍然很旺。听说有些地方是作为安产和育儿的菩萨供奉的。”

“安产？”

“对啊，因为它是菩萨之母嘛。”

难道说是那尊佛像，是那尊安产和育儿的菩萨保佑了我女儿的生命吗——

洁贪婪地眺望着眼前开阔的湖面，又吸了好几支烟，深深感受到造化弄人。他将自己的过去解体，去除错误的信息，重新填上正确的新补。在全身终于接受这一切的瞬间，洁不由得把烟扔在地上，用空出来的右手抱着自己的左臂，用左手抱住右臂，紧紧抱着自己。

“浑身起鸡皮疙瘩了吧？”

吾郎瞅了洁一眼，问道。

“你怎么知道？”

“因为，我也一样。”吾郎摩挲着自己的双臂说道。

“刚才听你谈起你的女儿时，我也浑身起了鸡皮疙瘩。我觉得，真是不可思议啊。”

“啊……是啊。真是不可思议得很哪。我觉得人的命运真是太诡异了。不幸或幸运，有些是自己无能为力的。”

“你离开这个地方，对我来说，不知是幸运，还是不幸啊。”

“什么？”

洁立刻回过头来，看到吾郎的眼睛里露出从未见过的忧郁。

“我知道自己比不过你。你这么年轻，拥有属于自己的世界，并且顽固地维护着自己的世界，让我非常羡慕。你敢于和松浦兄顶撞的鲁莽，在我这个‘样样精通，清苦一生’的人看来也是那么耀眼。可现在，你离开了佛像的世界，组建了温暖的家庭，而喜欢小孩子的我一直没有生下一男半女，来继承松浦兄的工房。所以，到底咱俩谁幸运，谁不幸，我实在说不清楚。”

说到这儿，吾郎笑着对洁说：“不过，有些事不知道反而比较好。”

听到自己曾经疏远、敌视，甚至有些惧怕的过去同事的告白，洁感到不知所措，但他还是点了点头说：“是啊，真是不知道比较好。”

他们相视而笑。曾经在一个工地同吃同住的时候不曾相通的两颗心，在经过了四分之一世纪后，第一次短暂地交汇了。趁着这份感受还没有消失，洁慢慢挺直了身体对吾郎说：“我得走了。”

“啊？怎么也得吃了午饭再走啊。”

“不好意思，现在我要去办个事。”

“很重要吗？”

“对，是很重要的事，只是我不那么想去。”

洁故弄玄虚地叹了口气，小声补充道：

“你还记得吧，以前我的心情总是很容易被钟声打扰。”

“钟？”

“因为我现在要去听我女儿婚礼上的钟声了。”

洁朝着敲响钟声的方向迈出了脚步，眼睛的余光掠过吾郎脸上露出的一如从前的天真笑容。

X一代

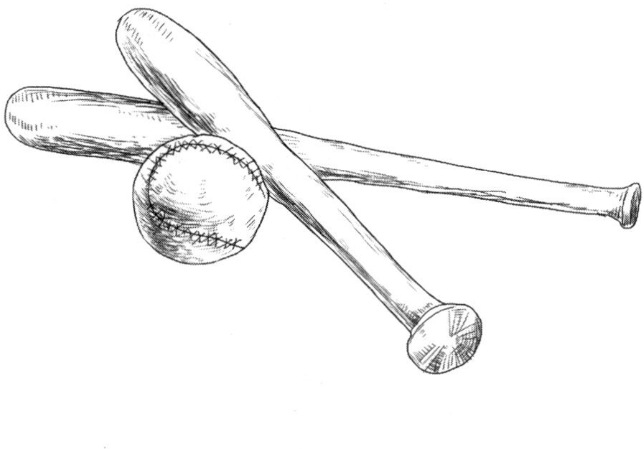

“真是没意思。这种粗心大意造成的疏忽最没意思了。”还有两年。“这要是个那种能让我大吃一惊的企划，对我说什么对不起、搞砸了，那还情有可原，那不是还有点儿意思吗？我是希望能够让我感受到你们的雄心壮志，或者说野心。”还有两年。“野田君，你也快四十了吧，不要再犯这种没意思的错误，折腾我所剩无几的头发了，好不好？”还有两年。“问题是，这种商品怎么会刊登在特急上的？有什么特别的吗？大卖吗？卖得动吗？这种占地方的货。如今已经不是乡下老大爷买个狸猫摆件就眉开眼笑的年代了。如果跟不上时代需求，像咱们这种小公司，前途一片黑暗哪。”还有两年。还有两年。还有两年——

“我说，你在听吗？”

“是，听着呢。真是太抱歉了。今后我一定十分小心。”

“不对，拜托你十二分小心。”

“是，不管十五分小心，还是十六分小心，都要……”

“真是没意思。你的嘴皮子再给我好好练练。”

健一终于挨完了还有两年就要退休的主编的训，回到自己的办公桌，对充满同情地瞧着自己的同事耸了耸肩。他搞不懂，团块世代[1]的人为什么说话都这么碎嘴唠叨。

“第一回合结束。”

“然后还有第二回合吧？”

“应该是。我的伙伴还没来呢。”

健一看了看手表，已经九点四十了，被主编训了将近三十分钟。不过，这只不过是灾难一天的序幕。

“不好意思，我来晚了。请问，野田先生在吗？”

健一等候的人比约定时间晚了十五分钟，看到他，健一脑海里闪过“新新人类”这个老词。

“幸会。我是卡通玩具的石津直己。石川小百合的石，津轻海峡的津，植村直己的直己。当然，看了名片就知道了，我只是想多说两句话，哈哈。今天，我是代表三村登门拜访的，请多多关照！”

现如今这个词恐怕已经不用了吧。遇到凡是超越自己理解范围的年轻人，统统归入“新新人类”，这在中老年人中曾经很时兴。这些人莫非以为自己才是正正经经的人类代表吗？那时候，属于所谓“新新人类”的健一，一听到这个词就很不以为然。可

1　专指日本在1947年到1949年之间出生的一代人，是日本在第二次世界大战后出现的第一次婴儿潮人口。

是，到了现在，没几年就要迈进四十岁门槛自己竟然不知不觉地将这个廉价的词安在年轻人身上了。

“哎呀，这次真是非常抱歉哪。我们的疏忽，竟然让贵公司的《轻松·生活》跟着受牵连……三村也深感不安，总经理命我来向贵公司好好赔罪。真是太抱歉了。”

石津身子笔直地道着歉，腰向下弯了标准的四十五度，表情却显得很从容，给人感觉脸皮很厚，完全不把因工作失误而向人低头当回事似的。

不过，此次的问题跟石津本人无关，所以健一也不好摆出强硬的姿态。

“哪里，这种情况也是难免的。不用介意。真是有劳你了，听说三村君在休假？”

“是的，他和家人去塞班岛了。他一回来就会马上登门道歉的。”

“不用了，是我们没有严格把关造成的。这次，正如贵公司所说的那样，我们共同负起责任吧。虽说有点儿麻烦，咱们就一起去应对吧。”

有点儿麻烦，健一虽然嘴上说得很委婉，心里却在叨咕，才不是有点儿麻烦那么简单呢。

健一就职的小出版社发行的邮购杂志《轻松·生活》接到了一个读者的投诉，举报特辑专刊上介绍的商品里有不实广告。健一立刻核对了商品，发现商品名和广告宣传与实物之间的确有差距。卡通玩具厂家在商品名称和广告词上刊载了错误的出产地，而没有认真核对便刊登出来的出版社方面也难辞其咎。公司的出版方针是信誉第一，公司受理投诉的负责人很郑重地向那位顾客道了歉，并保证退还货款等，但顾客仍然不依不饶。所以，只能由负责特辑专刊的健一和卡通玩具厂家的员工亲自上门去道歉了。

据了解，那个扬言准备诉诸法律的女人住在宇都宫。

“咱们是不是该出发了？”

感觉倦怠的健一从椅子上站了起来，好容易才没有发出“嗨哟”一声。他拿着从营业部借来的车钥匙，走向一楼的停车场。

“啊，我来开车吧。”

一走到老旧的白色小面包车旁，石津立刻朝驾驶座方向走去，健一拦住了他。

“不用了，我开吧，又是我们公司的车。”

“可是，宇都宫很远呢。”

“如果不堵车的话，也就两个多小时啊。我老家在盛冈，对东北道很熟悉的。”

虽然健一嘴上这么说，其实他这几天睡眠不足，特别想在副驾驶座上打个盹儿。可是，虽说造成这次纠纷的责任在于卡通玩具，但他们是《轻松·生活》的重要广告客户。许多厂家只是想通过特辑专刊推销商品，但卡通玩具是定期刊登广告的好客户，所以，石津和健一之间的关系也比较微妙。

健一坐进了驾驶座，石津犹豫片刻后才打开了副驾驶座的门。

“真的没问题吗？如果被我们总经理知道是野田先生开的车，没准儿又得挨一顿臭骂。”

“我也不想再给主编什么把柄了。”

“啊？”

“他还有两年才退休呢。”

健一把钥匙插进去，发动了引擎，督促坐在副驾驶座上发呆的石津系上安全带后踩下了油门。车子启动了，脏脏的轮胎轧过了和头上的阴天同样颜色的柏油马路。

营销用的小面包车是柴油车，引擎声和震动不断刺激着耳膜。即使把风量开到最大仍不制冷的空调，一直像个为老年生活担心的老太婆般唉声叹气。

当车子轻快地滑下了一段下坡路，刚刚驶上首都高速公路之后，原本就够嘈杂的车内响起了手机来电的彩铃声。

“你好，我是石津……噢，是宽太呀，好久不见啦。”

他做作的声音顿时松懈下来，显然是私人电话。

“对，对，是明天，九点开始啊，别忘了噢。在光之丘的……那些纯和岩崎会准备的……你问晴？啊，那家伙会来的。我担心的是藤龙……是吧，啊，对不起，我现在正忙着，回头再联络你。”

第一个电话石津没说几句就挂断了，还很在意地看着健一这边说：“对不起。”“没关系的。”健一刚一回答他就当真了，厚着脸皮问了一句：

“那我可不可以再打一个电话？”

何止是一个电话。

“喂，喂，是我，是我啊。好久不见啦……嗯，什么？你还在大阪呀。是吗……千万不要赶不上车啊，你以前就是个迟到大王……对，对，是真的，晴也会来的……藤健？当然看了，当然看了，二月的东京国际马拉松……什么？怎么回事？不会吧？怎么可能啊……嗯，我觉得没什么问题，嗯，明天见吧。”

“喂，喂，岩崎吗？我刚才和宽太、佐藤确认过了……啊，可是，佐藤净瞎担心，说什么藤健来的话，藤龙恐怕就不来了……是啊，我也这么觉得，不过……啊，对了，佐藤看了，藤健的东京国际马拉松，那家伙还忍不住录在DVD上了……哈哈，藤健真是不简单哪……你说什么，平田怎么了？搞什么呀……知道了，我马上联络他，就这样。”

“喂，喂，平田吗？我刚刚听岩崎说，你怎么了？肚子痛？下腹部一阵一阵地痛？那可不行，不能因为肚子痛就不参加……怎么说呢，这可是约好的呀，意义在于参与啊。”

老兄，你现在是工作时间。

私人电话等午休的时间再打不行吗？

健一好几次想说，但都忍了下来。不错，现在是上班时间，开车前往宇都宫的路途上，也属于工作的一部分，这应该是常识。但若是进一步追问，为什么属于工作的一部分，又缺乏说服力。开车就是开车，仅仅是在路途上而已。这段时间里，双方以自己喜欢的方式加以利用才是合理的。石津的这种态度（其实也没到这个程度）似乎更加合情合理。原本健一并不是真想要提醒他注意，只是出于传统观念，觉得“这种时候，年长者是否应该提醒一下”而已。

算了吧，反正只需要忍耐今天一天，何必在这些小事上和客户公司的年轻人较真呢。

这么一想，健一觉得就像听了一晚上刚满三个月的次子的哭闹，等着天亮一样，只是一心想着完成今天的任务即可，心情也平静下来了。

“我已经说了，他真的会来……笨蛋，你没事吧？晴为了明天的聚会，特地从马来西亚……对，从马来西亚专程回国呢。是真的呀，佐藤也会坐新干线从大阪过来……对啊，今天晚上的，如果你因为肚子痛就缺席，不是找骂吗？你懂不懂啊？”

不过，这家伙的话还真够多的。

健一感觉发际线开始后退的额头冒出了汗珠，便用一只手松了松领带。虽然他满心希望把粘在皮肤上的湿气彻底去除，可是，一打开窗户，反而会灌进热风来，仅有的一点点冷气也会立刻化为乌有。隔着挡风玻璃望上去，天空和林立的大厦同样是深灰色的，连太阳躲进了厚实云层的哪一个角落都搞不清楚，唯有黏稠的空气无孔不入地覆盖着整个大地。

起初一路通畅的首都高速公路，和隅田川路段分离后，进入与荒川并行的路段时开始突然堵塞起来，快到堵塞中心路段的扇桥时，车流便停了下来。电子公告栏上显示，因车祸堵塞八公里。这段时间，许多企业还在放盂兰盆假，健一以为东京都内没有什么车，看来是猜错了。

距离约定的时间还有富余，这一段路就慢慢开吧。

健一把驾驶座的椅子放倒，伸直了腿，终于打完了电话的石津扭头瞧着健一说道："啊，对不起。"接着问道："可以听听收音机吗？"

刚打完电话，又要听收音机了。

"好，好，请吧。"

健一没好气地回答，石津立刻打开收音机开关，迅速调着频道，听到天气预报的声音后，停下了手。"今天东京阴。最高气温三十一摄氏度。降水概率百分之五十。"听完关东地区的天气预报后，石津仍然全神贯注地听着广播。当播报完日本全国各地的天气、预告明天的天气时，他更加专注地、身体前倾地听着。

“明天东京晴——”

“太好了。”石津叫道，左拳击打在右掌上。健一被他的叫声吓了一跳，扭头看了他一眼。石津根本不看健一，过河拆桥似的关上收音机，又从胸内口袋掏出了手机

“喂，岩崎吗？是我，太好了，明天是晴天……是啊，是啊，真运气啊。这就不会有问题了……啊，对了，刚才我给平田……打了，打了，嘿，多半是装病。那家伙以前就是这样，每次有什么活动，他不是头痛就是牙痛的……我可以跟你打赌，他肯定会来的。那家伙其实最怕孤独了……还有，怎么还没联络到藤龙呢……搞什么嘛，假装不在家吧？要不就是在监狱里头关着吧……哈哈，开个玩笑。”

难道说他是在召集露天同学会？

刚才石津似乎很担心天气，把手机放进胸前的口袋后，他重重地吐了一口气，然后，终于——恐怕是他上车后到现在第一次——沉默下来。

哎呀，终于安静了。健一享受着这份难得的安静。车子终于走出拥堵路段，经过首都高速公路，驶上了一路畅通的东北道。当左右两边看不到比隔音墙还要高的建筑物后，副驾驶座上仍旧悄无声息。健一觉得奇怪，扭头瞅了一眼石津，发现他竟然面朝前方，挺着上身，闭上眼睛睡着了，连鼻息声都听不到。

大货车发出轰鸣声启动后排出的尾气让人不禁产生了错觉，还以为是从阴云密布的天空中飘洒下来的雨雾。

上午十一点半。从东京出发走了差不多一个半小时后，健一把车子停在了休息区。临近停车之前，石津突然睁开了眼睛，与此同时，他的肚子发出咕噜咕噜的响声。健一本来考虑到了宇都宫以后去吃水饺比较合适，但因为堵车，已经比预定的时间晚了。

由于正值暑假期间，休息区里到处都是回家探亲和外出度假的人，健一习惯性地走向有许多带小孩子顾客的快餐区，在后面跟着的石津又不厌其烦地打起了手机。

“喂，难道你是阿晴？真是阿晴啊！哎呀，多久没见啦，感觉怎么样，阔别多年的祖国……什么，两年没回来了？你回来真是太好了……我干吗呢？当然是上班喽，现在正要去吃午餐。哈哈……嗯，明天吧，现在除了藤龙以外好像都能来……没有，现在还没有联系上呢。不过他肯定在家里，那家伙正处在缓刑期间……哈哈，对的，违反药剂法……绝对只有藤龙才干得出这种事噢，问题是，明天那家伙要是来不了，那可就……藤健？啊，参加东京国际马拉松去了吧，什么？你也看到了？哈，卫星转播……那小子也成了名人了。”

晴为了参加同学会专程从马来西亚回国吗？不可能。这就叫作代沟吧？不过，那个叫藤健的，参加东京国际马拉松到底跑了第几名呢？

尽管自己并不想知道石津的朋友圈，却身不由己地一点点被介绍清楚了。健一万般无奈，去自动购券机买了猪排咖喱。但他马上就后悔了，应该买普通咖喱，今天没有带孩子，不用分半块猪排给小孩子。

为多花了区区一百五十日元就这么懊恼，健一不禁为自己的小家子气而愈加懊恼。石津买的是炸牡蛎荞麦面和牛肉盖饭。两人端着托盘一起走到角落的座位，面对面坐了下来。

“那个……”

转瞬间就把炸牡蛎荞麦面吃得精光的石津，在开始吃牛肉盖饭前，放下筷子对健一说：

“今天，那个，真是不好意思。”

“没事，打几个电话，无所谓的。”

“不，不是这个，是因为我们公司的商品，给你添了麻烦……啊，刚才不是那个意思，打电话的事，也很抱歉。”

一脸青春痘疤痕、皮肤已略显松弛的石津朝健一这么嘿嘿一笑，也蛮可爱的。

健一耐心地咀嚼着面衣比肉更硬的炸猪排，瞅着桌上的手机感叹道：“你的朋友真多啊。”

“平时也不是这样的，因为明天我们高中同学有一个重要的聚会，我是执行委员长，或者说算是负责人或召集人什么的……”

“干事这官儿可不轻松噢。”

“哪里，和干事还是有所不同啊。不过，还是很抱歉。”

“客气什么呀。经常和学生时代的朋友聚聚，也只有年轻的时候才有这份心情噢。”

“没有，也没怎么经常聚……”

“一过三十岁就不行喽。职场也好，家庭也好，压力都增加了，父母年纪也大了，根本没时间联系学生时代的同学了。三村君估计也不是自己想去塞班吧。我猜他更想在家里睡午觉吧，为了让家人高兴才去的。”

“不过，三村先生还兴致很高地说什么，他要去塞班的海滩上看那些穿三点式泳衣的女孩子，要看个够，好养足精神。”

“啊？”

“野田先生，我理解你的意思，不过我还是觉得因人而异，跟年龄没什么关系。有的人二十几岁就结婚了，生儿育女，也有的人四十多岁还是单身，还很贪玩，父母也都健在。并不是所有的人都为了养育子女或讨太太欢心累得筋疲力尽啊。”

话题的突然转向让健一有些不知如何回答。就在此时，桌子上手机的来电声使牛肉盖饭的碗震动起来。

“你好，我是石津……哟，是藤龙吗？”

石津说话声音都变了。健一也跟着竖起了耳朵，藤龙这个问题同学终于出场了。

“喂，我说你到底怎么回事啊……我给你打了好几次电话呢。对啊，从咋天就一直打……岩崎也担心你呀，啊……怎么回事？你说什么哪，谁都没有那么想啊。藤健？不用想那么多啦，这事和那事碍得着吗……我不会由着他的，阿晴也特地从马来西……对，佐藤今天晚上也要从大阪赶过来。还有平田也忍着肚子痛……怎么说呢，平田的确有点儿怪怪的。不过如果缺了你，可是绝对不行的。喂，你有没有在听啊？藤龙？怎么搞的，喂……”

石津叫了好几遍，也没有回应，只好重重地叹了一口气挂断电话，转头对健一说：

“我有点儿担心，是不是所有人都能来呢。”

“所有人？”

“一共九个人。”

“凡是五个人以上的聚会必定有人缺席，这是干事的心得。”

“不一样的，所以我刚才说，和干事有微妙的……”

“差不了多少。”

“什么？”

“咱们该出发了吧。”

旁边餐桌的小男孩把冰淇淋弄倒了。一听到小孩子的哭声，健一就会条件反射似的想去哄一下孩子。他心里有些焦躁。还剩两片炸猪排没吃完，健一就站起来走了出去。于是，似乎还想说什么的石津也慢吞吞地跟着出来了。

从休息区出发后，继续沿着东北道往北开了三十分钟左右，在鹿沼枢纽下了高速公路，然后又开了三十分钟才进入宇都宫市区。这期间，坐在副驾驶座上的石津仍然活力四射地发送着电波。

“喂，岩崎吗？刚才藤龙打电话给我……是啊，不过，我感觉那家伙变得特别谦卑，说什么我还是不参加比较好，什么没脸见大家伙儿，什么见到藤健会很尴尬啦，反正变得相当消沉……嗯，嗯，我也是这么劝他的，不过，你也给他打个电话劝劝他好不好？我想，他也不是真这么想的……是这样吧，啊，对了，刚才阿晴打电话给我，说他在马来西亚也看了东京国际马拉松比赛，哈哈，藤健成了国际明星了……现在，还没联系上的只剩下阿纯和藤健了，他们公务员要五点以后……

“好，那就拜托了，嗯。”

“喂，喂，平田？怎么搞的，肚子还在痛？是胃痛？不管怎么样，你小子都必须来，不管你是肚子痛还是胃痛，你这人就是太多愁善感了。”

“岩崎？嗯，谈得怎么样？啊？怎么回事，那么说……可不行，真是的，你跟他说什么呢，他不愿意听这个……你这么说的话，藤龙当然会闹别扭，那家伙一旦钻起牛角尖来麻烦得很……当然，你说得没有错，要是再灵活一些，随机应……不是，我不是那个意思，我知道，我知道了，我回头再打电话给藤龙好了，你也稍微冷静一下。你就是因为爱发脾气，你太太才……啊，不是，反正……喂，岩崎？”

“喂，藤龙吗？是我……刚才听岩崎说了，你先平静一下……我跟你说，岩崎不是这个意思……早晚去当流浪汉？哎呀，我不知道他说这句话是什么意思……其实岩崎吧你也看得出来，他也挺不容易的，你可别这么说……真的，那家伙去年离婚了，我也不太清楚，好像是他太太带着孩子走了……对，对，就是新年贺卡上的那个小家伙，所以，今年的贺卡不是突然变成富士山了吗？所以说，家家有本难念的经……藤健？哎呀别提了，那家伙父母家的工厂倒闭了，据说欠了不少债呢……就是，你这家伙在父母家里过得优哉游哉的……不，我不是这个意思啦……喂，藤龙？”

石津的声音变得越来越沉重，口齿也不太清晰了。

明知和自己毫无关系，但看到石津和藤龙通完话后筋疲力尽似的沉默下来，却仍然不松开手机，健一终于忍不住说道：“何必非要求那个叫藤龙的来呢。”

“什么？”

“这种人到处都有，永远都长不大，老是像个孩子似的闹别扭。别人越担心，他就越来劲，所以，干脆不要搭理他。”

“是啊。”没想到，石津很痛快地表示同意，“一般情况下，我们也不会理他，但是明天没有他还真不行。”

“你们越这么想，他越拿搪。他这么闹别扭，也许就是让你们觉得少了他不行。”

“嗯，也许是这样。那家伙可能是有那么点儿，不过他这个人还不坏。”

“那是当然，如果是个坏蛋，现在早就出人头地，成有钱人了。”

“啊……你是说那些年轻实业家吗？那些家伙一看就不是善主。”

随着离宇都宫市越来越近，马路两旁开始出现饭店或医院的招牌，空旷的大地上高低错落的建筑物也渐渐多起来了。望着一片茂密的小树高的向日葵，健一自言自语地说道。

“总之，接力棒很不好交接啊。”

“接力棒？”

“人不可能永远被人关注，以自我为中心地生活下去。早晚要从那个位置上退下来，让年轻人坐到那个受人关注的位置上去。”

“什么？”怎么突然说出这么奇怪的话来，石津心里不解，但还是附和道，“我从来没有想过这些事，不过，听你这么一说，也是……”

“比方说，棒球选手不可能永远都在球场上打拼，总有一天要退下来当教练，或是成为体育节目主持人，成为新一代的培育者。不过，偶尔会见到吧，有些主持人还把自己当作主角，在介绍运动员时一个劲儿炫耀自己的过去。”

“对，有这种人。”

“那种人最让人受不了。”

刚说完这句话，健一忽然意识到自己脸红了。自己一直不想成为对年轻人这样大谈自己主张的中年人，可是，这些话一说出来，他发觉自己的心情居然很愉快。所以，这个世上喜欢说教的大叔永远都不会缺少。

虽然健一还是想笑着补上一句“随便说说而已啦”来掩饰一下，但他怀疑这句“随便说说而已啦”本身就是大叔们的口头禅。就在他这么纠结时，旁边的石津说话了。

“不过，虽然任何人都无法永远在场上打球，但十年有这么一次，和以前的朋友打打草地棒球，应该挺好的吧。”

“草地棒球？”

“这样的乐趣，有总比没有好吧。”

石津的嘴角竟然露出腼腆的笑容。

“明天打草地棒球，我们这帮高中时代的棒球队员。”

十年后，我们要再一次聚到一起打棒球。那时候，无论我们改变了多少，无论人在哪里、在做什么，都一定要聚到一起打棒球。

高中毕业时，和同一届棒球队的成员——无论是寒冷的冬天，还是酷热的夏天，曾经一起汗流浃背地追逐了三年小白球——立下了这样的约定。虽然我们不是一支强队，甲子园[1]更是遥不可及的梦想，但我们对于棒球的热情绝对不输给任何一支强队，对球队成员的团结也很有信心。所以，当年才会有这样的约定。

“今年是第十年了。说实在的，我还以为过了十年后，大家就会忘了，没想到，他们竟然都记着呢。每次写新年贺卡，都会提到这件事，和某个队友见面时，也一定会谈起这件事……所以，岩崎……他是队长，去年，他就开始制订具体的计划，终于到了这一天——明天租借光之丘的运动场举行一场比赛。”

距离约定的两点还有一些时间，他们走进宇都宫市内的一家咖啡店，石津一边喝着热牛奶，一边对健一说出了缘由。

“原来是这么回事。”

原来并不只是个普通的同学会。健一终于明白了石津希望所

1 甲子园是指兵库县的甲子园球场，每年春夏两季都会举行全国高中的棒球赛。站在甲子园球场打球，是日本所有高中棒球队的梦想。

有人都参加，以及那么关心明天天气的原因了。

“野田先生，你是不是觉得我很幼稚？”

“没有啊。为什么这么问？”

“因为，野田先生属于那种理想的顾家男人。我听三村说，你很年轻的时候就结了婚，很爱你太太，又是两个孩子的称职父亲……也就是成熟的男人吧。在你这样的人看来，这种高中时代的约定啦，打草地棒球啦，一定很幼稚可笑吧？”

“我没有这么想啊。”健一微笑道，“我觉得这么做很好啊。”

“可是我觉得野田先生在笑话我们。”

“没有啊，我真是这么想的。原以为只是同学会，所以觉得有点儿奇怪。现在才理解你为什么这么上心了。难怪必须得九个人啊。”

听健一的语气中含有某种共鸣，不像是表面敷衍，于是，多少有点儿不愉快的石津表情变得柔和了。

“可不是嘛，这次只局限在我们这一届，没有跟学长和学弟联系，所以，也就没有候补球员。只要藤龙不来的话，就少一个人，比赛就泡汤了。而且，那家伙还是投手。”

“投手啊……”

“他可是个很棒的投手呢。其实，在我们球队真是可惜了。虽然不够稳定，但是他状态好的时候投出的球简直酷极了，连女生都很喜欢他。大家越是捧着他，他就越是得意忘形……也有棒球俱乐部的星探来找过他，不过，他还是没有自信从事残酷的职业棒球吧。”

这样的人太多了。学生时代就早早显露锋芒的人，走上社会以后就变得默默无闻了。

“他放弃棒球后就自甘堕落了，最终因为吸毒被逮捕了吧？”

“野田先生，你的耳朵还真管用啊。”

“就算我不想听，也不能不听啊。”

“虽说是吸毒，但他并不是因为好玩，而是为了防止打瞌睡。他现在的工作是长途货车司机，梦想买一辆自己的大货车，所以，他工作特别玩儿命。可是深夜开车实在太疲劳，干他们这行的司机中，很流行吸这类毒品。结果，藤龙也就……他胆子小，也堕落不到哪儿去，现在已经彻底闭门思过了。不过，毕竟有过这种事，他觉得没有脸面来见同学。”

“也是啊。你们这些队友曾经看到过他最风光的时候，所以他更加顾虑重重了。”

健一也承认，刚才石津说的，跟年龄没有关系，而是由于人的个性不同。事实上，他们这些人虽然才二十几岁，却不是个个活得都很轻松。认真回顾一下自己走过的岁月，他发现十几岁时有十几岁的压力、痛苦和羞愧，二十几岁也有二十几岁的压力、痛苦和羞愧。

“那么，接手是谁？”

沉浸在回忆中的健一突然开口问道。

“接手？”

“对啊。藤龙是投手的话，扮演辅佐角色的接手是谁呢？遇到什么情况的时候，互相靠近对方，通力合作，才叫作投接组合呀。”

“有道理，投接组合。”

此时，石津眼里发出了亮光，但很快黯淡下来：“不行啊……”

“接手是藤健。可是，这个藤健现在是警察，说是警察，准确地说，是骑白色摩托车[1]的。也就是说，他和有前科的藤龙是追捕与被追捕的关系……当然了，藤龙现在已经改邪归正了，可一听到警察这两个字，还是会勾起不愉快的回忆。”

“追捕与被追捕的关系啊。”

为人世间的因果循环而叹息的健一突然想到一件事。

“对了？藤健不是参加了东京国际马拉松吗？”

“是的，他骑着领队摩托车，尽职尽责地保护了参赛选手。看到他那威风凛凛的样子，我感动死了。”

1 指骑白色摩托车的交通警察。

"……"

"可是，藤龙大概是觉得自己和藤健之间的差距越来越大，心里很不自在吧。他们俩都姓藤井，动不动就被拿来做比较，就连人缘，都是藤健占上风。"

原来是开前导车。

健一对藤健的印象大为改观。这时，石津放在桌上的手机又振动起来。

"是藤龙吗？"

"……我是岩崎。"

确认来电号码后，石津眼睛立刻没有了精神，健一也跟着泄了气。但是，听石津打电话的声音似乎变得越来越轻快了。

"问题是……是啊，我也劝说了他半天，可是那家伙就是转不过弯来……不，不完全是你的问题啦……啊？真的？真的吗？那当然求之不得啦……好啊，那是最好了……喂，喂，说什么哪，哈哈，就指望你啦，我绝对支持你……那就挂啦。"

一挂上电话，石津就笑嘻嘻地对健一说："岩崎现在正在去藤龙家的路上。"

"藤龙家？"

"岩崎要跟他面谈。他说是要去拜访客户顺便去的，绝对是谎话。不愧是当队长的，以前他就是这样，唠唠叨叨的，就是放不下藤龙。好了，看起来这件事交给岩崎就能搞定了。"

看到一直心情焦躁的石津云开雾散恢复了原来的样子，健一也松了一口气，说了一声："是啊。"

"这么一来，人就到齐了。"

"是的。"

"也许是好事多磨吧。队长岩崎这么身先士卒，对振奋球队的士气自然会有作用，藤龙也会心情愉快地站在投手土台上。"

"是啊。"

"明天比赛前，最好由藤健给藤龙鼓鼓劲打打气。队长的领导，加上辅佐角色的接手的支持，投手就无所畏惧了，保准能投出无安打无失分的好球来，没错。"

"那个……"

"嗯？"

"野田先生，你以前打过棒球吗？"石津带着审视的眼神看着健一。

突然间被他这么一问，健一的表情僵住了。

"为什么这么问？"

"怎么说呢……"

石津皱起眉头，几乎是同时健一看了一眼手表。

"麻烦了，到时间了。藤龙的事就让岩崎去处理吧，咱们该去见那个女人了。"

"啊……好的。"

“手机……”

健一想提醒石津，最好把手机设定成来电录音，转念一想又没有说。他虽然年轻，但已经不是小孩子了。

石津坚持要自己结账，但健一迅速付了两份餐的钱，走出餐厅。刚才阴沉的天空下起了小雨。

“别担心，明天就晴了。”

健一对满面愁容的石津说。他加大油门，驶向火冒三丈的女顾客家。

在已经看不到煎饺店招牌的偏僻街角停下车，下车之前石津把手机设定成了来电录音状态。

对邮购的商品出于个人情绪而投诉的顾客，不管是好人还是坏人，往往对他人抱有很强的期待和依赖，稍有不如意就会情绪激动，但只要受到尊敬，就会报以过分的好意。从某种意义上说，这种人也是很容易对付的人。健一暗自思忖，容易对新兴宗教迷恋的，估计也是这种类型的人。

健一没想到，石津很擅长处理这类情况。他一直弯腰四十五度，洗耳恭听对方诉苦，无论对方说什么，他都不争辩，默默地等待对方心情平静。无论对方把话题扯到哪儿去，他都耐心地应对，道歉，道歉，再道歉。直到对方骂累了，自己平静下来时，他才慢慢地开口解释。而且，他说话的时候，并不是那种客套虚伪的恭敬语气，而是恰如其分地表现出二十多岁年轻人的青涩和朴实。

“这次的问题，真是太抱歉了。广告上明明写的是实物大小的熊猫露露，但那个毛绒玩具比一般的熊猫小了好多，所以，被说成是不实广告，我们也无话可说。全是我们卡通玩具的责任，对此，我们要深刻反省，向您表示真诚的歉意。当然会归还您购买商品的费用，今后一定特别注意，避免再犯类似的错误。”

石津在面对五十岁左右的女顾客时的态度，和他刚才拿着手机唠唠叨叨的样子判若两人，这也很正常。他摆出一副独当一面的架势，吸收了歇斯底里的顾客散发出的负面能量，进行消解后，转化为积极的能量。而且，他的道歉，即使在健一看来，也绝对不是做表面文章，而是真心实意地尽力去平息女顾客的怒气。

“不过，听起来好像是辩解。其实，中国真的有这么一只名叫露露的熊猫，据说它先天性畸形，比正常的熊猫小了一圈，所以被称为永远的小宝贝，并迅速走红。中国的玩具公司看到它这么受欢迎，便大量生产了和它体型相同大小的毛绒玩具。可是，也许是个头太小，或是身体太弱的缘故，就在毛绒玩具上市后不久，露露就告别了这个世界……结果，给玩具公司造成了大量库存，经过几番周折，最后由我们公司负责销售了。”

尽管坐在主人故意调低的冷气袭人的客厅里，石津仍然是满头大汗。到了这个时候，女顾客也不好意思地撤掉了只是摆样子的绿茶，端上了冰苹果汁。健一看到当石津端起来一饮而尽时，女顾客内心的怨气也烟消云散了。

“所以，宣传里说的实物大小的熊猫露露，其所谓实物大小不是一般熊猫的尺寸，而是露露的尺寸。当然，这件事和日本的购物者没有关系，本公司也对这件事情的疏漏之处进行了深刻的反省。给您添麻烦了。只是恳请您相信，我们并没有想要欺骗欣赏本公司商品的顾客。”

最后，石津从西服内兜里拿出那只体型很小的熊猫的照片，交给女顾客：“请看，这就是熊猫露露。”“哎呀，真的很小啊，没有想到这么小就死了，好可怜。”刚才数落了半天，又让石津道半天歉的女客户，顿时热泪盈眶，为露露的死表示哀悼，然后，拿出据她说是养了十七年的爱犬遗照给石津看，忍不住又哭起来。她说，这只狗上个月刚离开自己。碰巧石津以前养的那只狗也是比格犬，于是两个人立刻兴趣盎然地大聊特聊起了狗的话题。上门拜访一小时后，谈话完全变成了爱狗人士的经验交流。不过直到最后，石津都保持着端坐的姿态。终于女顾客对石津说：“熊猫露露我就不退了。作为对生命短暂却曾经努力活过的露露的纪念，就让它待在我的家里吧，我会很珍惜它的。”

以防万一带来的赔偿金没有派上用场，健一和石津在抱着露露的女顾客的目送下，离开了她的家。

“你还真不简单哪。”

一坐到驾驶座上，健一就对副驾驶座上的石津夸赞道。

“我还以为要磨叽很长时间呢，嘿，你真有本事，没想到啊。”

“我已经习惯了。”

可能累坏了吧，石津软绵绵地靠在副驾驶座的椅背上，一改对客人说话的恭敬语调，用低沉的声音回答说。

“我们总经理是个马大哈，所以这种事是常有的。虽然老主顾们觉得这也是我们总经理的可爱之处，不过也有人真生气的。”

“下面的员工够辛苦的。”

“是的，尤其像我这种跑腿儿的，像今天这样代替他们到处向人低头谢罪的事是家常便饭。不过，只要诚心诚意地道歉，客人最终都会谅解的，有些人只要听他们发发牢骚，就很高兴了。像今天的客人也是这样，一方面也是因为爱犬死了太寂寞了，想要找人说话。我这人并不那么反感去给人赔礼道歉这种事，看到一脸怒气的客人慢慢露出笑容，那感觉就像打棒球到了第九局下半局突然反败为胜一样。当学生那会儿，我就特别擅长在眼看就要输掉的时候打出一个好球来。”

“就是说，在两出局两好球的情况下，来一记逆转的本垒打吗？”

“虽说现在，我只是打打触击球，也没做什么像样的工作，但只要坚持不懈地打下去，也有可能成为第四棒击球手的。”

淅淅沥沥的小雨已经停了，但挡风玻璃外的天空依然是灰蒙蒙一片，马路和天空的界限模糊。沿着原路驶回鹿沼立交桥时，握着方向盘的健一不由得想象起在操场的阳光下打草地棒球的石津来。

石津的确有些幼稚或散漫，但他比健一想象的坚强，对自己的工作也抱有热情和自豪，为了替特立独行的总经理擦屁股，四处向人低头赔罪，同时把内心的希望寄托在明天的棒球比赛上。

十年一次，和以前的队友一起玩草地棒球，或许真是值得期待的。

“手机。”

石津好像一时把藤龙的事给忘了，健一提醒他：“你不是还设定在录音上啊？”

“啊。”

石津猛然坐直了身子，拿起了手机。他听语音来信的表情出现了阴影。

“怎么了？”

“有两个留言。好消息和坏消息各一个。”

听他的声音，像是在努力克制自己。

“好消息是岩畸打来的，他已经到藤龙家了。”

“已经顺利说服他了吗？”

“不，虽然藤龙还是别着劲儿，一句话都不说，不过，他上半身看着比去年年底时壮实了。”

“壮实？”

“岩崎说，藤龙多半是为明天的草地棒球赛锻炼身体了……”

“……”

果真如此的话，不就说明藤龙干劲十足吗？健一实在想不明白，但还是问了石津另一个消息。

“那么，不好的消息呢？”

“是我们总经理打来的，说是有顾客投诉我们公司经营的一种名叫大拇指公主的指套娃娃。投诉说尺寸太小了，大拇指根本塞不进去……已经接到好几次类似的投诉了，但这回这个男的似乎有点儿邪性，威胁说明天之前不去给他道歉，就要找律师告公司……”

石津停顿了。

尽管已经预料到结果了，但健一还是追问道：

“然后呢？”

“没法子，只能登门道歉啦，不过，负责大拇指公主的人……”

“又是三村君吗？”

“他星期一才从塞班回来。”

果不其然，石津说出了最糟糕的结论。

“所以，我又被指名代打了。明天又要代替三村先生去打滚地球了。”

傍晚，太阳终于从雨后的天空中露出脸来，朦胧的光线透过厚厚的云层，为灰色的天空染上几抹淡淡的红色和紫色。

岩崎还在拼命说服藤龙吗?

即使说服成功，石津是否会背叛斗志昂扬的伙伴们?

因为工作需要，而打破十年前的约定?

沿着东北道一路顺畅地驶回东京都内的途中，石津和来时判若两人，一直沉默不语。健一不时地瞥他一眼，很担心他。刚才石津打电话给总经理，问明天能不能派别人去，可是总经理一再强调，非石津去不可。之后到现在，石津就没开过口，也完全不理睬手机的来电声。

那么，你打算怎么办?

这句话卡在健一喉咙里，想问又不好问。

如果换成自己，会怎么做呢?当然会选择工作了。为了妻儿，自己不可能为了这件私事置工作于不顾。身为公司职员，石津自然是不敢违抗总经理亲自下的命令。

然而，车子开上首都高速公路后不久，石津终于打破了漫长的沉默。

“我看，还是辞职吧。”

"什么？"

"我这么一说，你一定觉得我特别孩子气吧。"

健一惊讶地扭过头来，石津立刻把脸转到一旁，毫无霸气的双眼看着窗外。

"喂，你不要吓我。"

"一半是真心话。"

"别冲动。"

"可是我们计划了十年啊。要找到九个人都合适的时间，不是一件容易的事，还要找场地、准备服装用具等，能够走到今天这一步，已经费尽周折了。其中，你知道最辛苦的是什么吗？就是找和我们比赛的球队。因为，并不是我们球队九个人到齐就可以进行比赛了。最后，还是岩崎去找了他朋友公司的棒球队，人家同意和我们比赛。如果我不参加，我们队只剩下八个人了，这样让四处奔走的岩崎多没面子啊。"

"即使这样，你也没有必要辞职……"

"在马来西亚当导游的那个阿晴的父亲，去年去世了。当时，他因为工作的关系没有回国，这次却回来了，为了草地棒球回来了。"

"这样好吗？"

"佐藤在大阪的环球影城工作，据说明天上午正在日本的迈克尔·杰克逊要包下整座环球影城，还会带他的宠物猩猩巴布鲁斯一起来。所以，影城方面要隆重欢迎迈克尔，紧急动员所有工作人员加班。可是为了草地棒球，佐藤明明知道上司会不高兴，仍然抵制了假日去加班。他是迈克尔·杰克逊的忠实粉丝，以前他经常在KTV里模仿迈克尔的太空步呢。”

“太空步……真让人怀念哪。不过，即便是这样……”

“我们这些人是不是很缺心眼？”

“……”

“不过，我们十年前约定，要永远保持这份天真的缺心眼。虽然十年来，每个人都有了自己的工作，有的可能已经结婚了，甚至可能已经为人父了，比现在更重要的事增多了，责任、束缚等许多东西都会增加。但如果十年中都找不到一天时间和大家一起玩草地棒球，这样的人生可要不得。所以，我们要保持十年中，至少有一天为了棒球抛弃一切那样的缺心眼……当时，我们就是这么约定的。”

石津仿佛在怀念当时情景似的眯起了眼睛。“但是，”最后，他露出十分成熟的表情，“但是，一旦到了关键时候，我还是做不到。虽然我刚才说了那么多，可是在紧要关头背叛公司的事，怎么也做不出来。明天，我还是会去木更津的顾客家，给人家赔礼道歉去。”

一辆大货车飞快地从超车道超了过去，健一的视野被一片黄色废气遮蔽了。不知什么时候车窗外的田野消失了，树木消失了，悠闲的民宅也消失了。隔着贴了层薄膜的挡风玻璃看到的，是鳞次栉比的高楼和其间露出的天空以及——

“我一直向往成为不那么缺心眼的大人。即使很平凡、很不起眼也没有关系，我希望成为一个真正的、有头脑的大人。”

健一喃喃自语道。

“事实上，我自以为已经算得上是一个真正的大人了，但年轻的自己还是没有完全消退，有时候会异想天开地做一些傻傻的事。”

“傻傻的事？”

石津茫然地重复道，然后身体猛地向后一仰，健一在变换车道的同时踩下了油门。

“野田先生，你怎么了？”

“你要去的是木更津吧？”

“是啊。”

“你刚才说的，投诉大拇指人偶的变态男是住在木更津吧？”

“啊……是的。”

“他不是说，要你们明天之前去道歉吗？那么今天去应该也可以的。现在我就带你去木更津。”

“野田先生……”

石津原本非常消沉的脸上，顿时恢复了二十几岁的活力和轻松。

“真的？”

“走东京湾的高速道路的话，用不了一小时。如果五点半能到，你就按照刚才的方式，三下五除二地解决掉。这样，你明天就可以昂首挺胸地去参加草地棒球赛了。”

“可是，野田先生，会不会给你添麻烦？”

健一把营业部门要求五点以前还车的事丢在一边，小声说：“好爽啊。”

“是啊。”

这样开快车已经是多少年以前的事了？窗外的风景唰唰地向后退去，轰鸣的引擎声，风驰电掣的感觉，一切都是那么惬意——

遗憾的是，人类似乎不会很快长大的。健一怀着一股久违的、宛如性欲般的兴奋想道。他曾那么想要告别青涩的自己，却又身不由己地为渐渐失去这份青涩而感到焦躁。或许正是由于这种缘故，和仍然享受着青春岁月的世代相处时，他才会感到不自在。

承认了在自己内心深处作怪的想法，健一的心情反而轻松起来。

现在，他可以说出口了。

“我并不是想让你感谢我，不过，我有一件事想拜托你。”

他借着奔驰的车速，鼓起勇气说道。

“那个，假如……我是说假如，万一岩崎无法说服藤龙，明天比赛时，可不可以让我当投手？”

“什么？”

“反正，你们也是要找人代替他吧？那就找我好了。”

“野田先生，你以前真的是打棒球的啊？”

“我高中时参加的棒球队，在甲子园的夏季比赛时获得过亚军。”

“什么？”

“这已经是以前的事了。俗话说，好汉不提当年勇嘛，所以，我平时尽量不去想这些。不过，听了你刚才那番话，突然特别想打棒球了。”

“野田先生，你太棒了。”

石津看健一的眼神都变了。

“在甲子园获得过亚军，真够酷的。老实说，我一直弄不明白像你们这些无情趣世代的人到底在想什么，不知该怎么跟你们打交道。不过，现在你真让我无法相信啊。”

“其实我不想靠提起当年的事，让年轻人对我刮目相看，所以，平时从来没有对人说过。”

“你应该大肆宣传呀。甲子园决赛上的投手，太帅了。”

“不，我不是投手，是左外野手。”

“啊？但你刚才不是说，要代替藤龙当投手……”

“虽然负责左外野，但我一直很向往当投手，所以，自己偷偷练习过投球，只是一直没有机会上场投球。”

两个人一下子都不说话了。

石津好久没有动静的手机，趁机又响了起来。

石津看了一眼来电号码后，目光又转向健一。

“是岩崎来的。”

健一踩着油门的脚稍微放松了一些，车速减慢下来。他盯着前方，点了点头，石津也点了点头，接了电话。

“喂……啊，嗯，是吗，知道了，辛苦了……嗯？这样的事……怎么可能，当然……啊？怎么回事？嘿，真的假的呀……不可能……不，你等一下，等一下，我马上再打给你……好，代我向藤龙问好，就这样吧。”

健一已经从石津的只言片语中大致猜到了事态发展的情况，在石津讲完电话前，他已经做好了精神准备。虽然自己容易产生打棒球的欲望，但这个世界并不会让人那么随心所欲的。这个周末，先跟小学三年级的长子玩玩投接球吧。

“一个好消息，一个坏消息。”

然而，石津合上手机后，表情复杂地告诉健一。

“坏消息是，那个……岩崎成功地说服了藤龙，藤龙那小子果然从前一段时间开始就去健身房锻炼身体了。”

“这是好消息啊，这不是好事吗？”

“好消息是……另一个位置空出来了。”

“怎么会？”

“早上一直说肚子痛的平田，因急性肠炎紧急住院了。野田先生，如果你有空的话，明天可不可以代替平田上场？”

人生永远在变，和打棒球一样，下一个球会是什么球，永远预测不了。

健一再次使劲踩下了油门。

“我当然去啊。平田打什么位置？”

“左外野。”

脏兮兮的小面包车飞速穿梭在傍晚时分的首都高速公路上。

随风飘舞的塑料布

塑料布在随风飘舞。它们在突然刮来的风中翻飞、扭动、起伏，被揉搓成了一个个团团在空中飘舞，无数的团团宛如遮天蔽日的暗云般互相拥挤着。天气的变化诡异得叫人绝望，狂风呼呼作响。风一吹就飞舞起来的塑料布，会不停地飞向远方。在它们被风刮到无法回头的远方之前，趁着它们还没有被虚空撕裂，必须有人伸出手把它们抓住——

这句话是艾德的口头禅。每当有人问他，你为什么去联合国难民署工作时，艾德总是这样回答。就连一开始以为他是在“回避这个问题”的里佳，也逐渐认识到，其实这正是他的真实想法。

事实上，无论在哪一片土地上，或是站在哪一片天空下，艾德都会拼命地用他的手去抓那些随风飘舞的塑料布。就连躺在东京的软床上睡觉的夜晚，他也会经常被可怕的梦魇所缠绕。在七年的婚姻生活中，他们共度的夜晚不超过一百天。然而，就连这么短暂的间歇，那股可怕的风也会巧妙地潜入，搅扰着艾德的内心。

深夜或黎明时分，不知有多少次，一声声犹如窒息身亡的怨灵发出的惨叫把里佳从梦中惊醒。“艾德，你醒醒。这儿是东京，是咱们的家。”里佳抚摸着他那大汗淋漓的皮肤呼唤他，却没有得到回应。已经醒来的艾德固执地睁大着眼睛，直直地盯着天花板，仿佛拒绝从噩梦中醒来似的。每当看到他这副神情，里佳就会感觉艾德冰冷的汗正在一点点浸润自己的皮肤，不禁微微颤抖起来。早晚有一天，他这个人也会被风吹走，和他紧紧抓着的塑料布一起被刮到难以追寻的远方去——

可是，风恐怕是永远也不会停歇的。

“我今天三点要去外务省，之前你帮我把需要紧急援助的地区的资料准备好。还有，三点开始，通讯社记者要来采访阿富汗难民的事，里佳，这件事就交给你办吧？没有问题吧？傍晚，有个很重要的晚餐会，也要请你陪我一起去。上星期我就跟你说过吧？嗯，还有……”

里佳收到上司琳达发出的久违的私人邀请，是在艾德死后约三个月的一天早晨。

“还有，今天咱们一起吃午餐，可以吗？不是工作午餐，只是想和你聊聊。”

这一天到底来了。里佳马上想到，今天该被告知解雇自己的事了。无论多么宽容、多么有耐心的上司，也是有限度的。

这也难怪，这三个月来，里佳已经深切意识到自己只不过是办公室的负担罢了。做什么事都心不在焉，频繁出错。重要的安排常常被她忘在脑后，今天的晚餐会，也已经从她的记忆中被消除了。就连上班路上的樱花树已经开花了，她也是刚刚注意到。还是今天早晨出门时，感觉要下雨，抬头仰望天空时，才看到遮天蔽日般盛开的樱花。真没想到，春天已悄然来到了。

“我知道了，那就和您一起吃午餐……什么时间？”

“十二点半怎么样？在那之前我还有个碰头会，所以咱们直接在餐馆见吧。去‘铁门’好不好？”

“中午吃牛排吗？”

“想给你好好补补呀。你的脸色再这么苍白下去的话，白人员工多没面子啊。”

非洲裔美国人琳达就喜欢开这类玩笑。

“好的。那就十二点半，‘铁门’见。”

距离被解雇的最后通牒还有三小时。里佳回到秘书室，习惯性地打开了电脑，即使仅仅剩下三小时，不知为什么，她也没有心情让自己变得振作一些。

要处理的事情很多。要核实提交给外务省的紧急援助申请所需的材料，还要确认为接受通讯社的采访而增加的有关阿富汗形势的最新资料。三个星期后，将要来日本访问的UNHCR[1]非洲局长的行程也还没有安排好。

出于惰性，里佳把这些都放在一边，点击了Outlook。今天，又有好几封邮件通过UNHCR日内瓦总部寄到她的邮箱里。

有关安哥拉难民遣返引起的各种问题的报告。

狮子山共和国发来的要求增加援助经费的申请。

来自内战虽已结束，但治安依然未改善的斯里兰卡的现状报告。

里佳虽然最近知道了，对于这些不伴随痛苦就无法面对的内容，只要把心一横就能够轻松处理，可是，一旦把心一横，作为UNHCR的员工就不称职了。

但是，今天有一封信竟然打动了里佳。这是来自泰国西部的专门保护缅甸难民的援助款分配报告。里佳快速浏览着以冗长而臭名昭著的“联合国式”的英文时，她的目光突然像绊到了小石头似的停了下来。在冗长的文章末尾，出现了下面这样一段追记：

“对于爱德华·维恩的去世，我感到由衷的遗憾。他活在前方，死在前方，他那高洁的精神，以及他的无私献身，都值得我永远为他感到骄傲。在此向他的亲人致以深切的哀悼。”

---

1 联合国难民署的英文简称是UNHCR（United Nations High Commissioner for Refugees）。

这个工作人员大概是艾德的朋友吧。这么说，写在文章最后的慰问，应该是写给里佳的。如果里佳不是处于艾德前妻这个尴尬处境的话，他会更直接地向自己表达他的伤心吧？

前妻——这不当不正的位置也让里佳自己深感困惑。如果没和艾德离婚的话，三个月前收到噩耗时，里佳就可以立刻飞到阿富汗去，抱着艾德的遗体放声痛哭，和许多朋友一起哀悼他的逝去了吧。就可以尽情地悲伤，名正言顺地为他服丧了吧。然而，由于他们两年前解除了婚姻关系，里佳觉得不能够允许自己随心所欲地抒发哀伤之情。

她为自己感到愧疚，尽管没有能够爱到底，却动不动就以泪洗面。

她嘲笑自己，尽管没有能够得到他彻底的爱，却不停地思念艾德的面容、声音和皮肤。

可是，她忽然间发现，自己现在仍然在怀念那段既没能彻底地去爱，也没能得到彻底的爱的日子。

第一次见到艾德是在十年前。那是一个完全没有恋情发生机会的、非常公事化的场合。

当时，在一家外国投资银行工作的里佳，看到《日本时报》的招工广告里登着UNHCR的招聘信息就报了名。资料审查通过后，她去参加笔试之前的面试时，面试的考官之一就是艾德。

轻浮的男人。这是艾德给里佳的第一印象。也许对于当时在UNHCR东京事务所的艾德来说，新职员的录用考试根本算不上是什么令他感觉刺激的工作吧。在面试时，他总是显得很不安分，经常打断模式化的一问一答，用英语提出一些带有挑衅性的问题。

“从收入方面看，再怎么说你这个跳槽都不是明智的决定。如果你离开现在的公司，到UNHCR来的话，你每个月的存款数额会少很多的。难道说，你已经挣得足够多了，连钱都懒得看一眼了？”

因为父亲工作的关系，里佳直到高中都是在芝加哥度过的，大学时代也去伦敦短期留学过。因此对她来说，英语就跟第二母语差不多，用英语回答提问易如反掌。但喜欢跟人争辩的里佳，还是费了些力气克制住自己，没有被艾德牵着跑。

“正如您说的那样，在我现在就职的公司里，以我现在的年龄，年薪是很丰厚的，而且在工作中学到的外汇和证券的结算以及美国式的经营管理，对我来说都是一笔财富。但是，每天工作过于劳累，挨经销商的骂，还不得不应对上司的极其日本式的无聊要求。最重要的是，当我发现自己对这个工作已经没有了自豪感时，就觉得一切都变得空虚了。”

“没有了自豪感？”

“您一定听说过投资银行通过买卖不良债权获取暴利，利用发展中国家的弱点推行的贷款吧？”

“以负债的形式控制贫穷的国家，联合国的世界银行或IMF也是这么干的。”

“至少UNHCR是不一样的。我听说为了保护难民而建立的UNHCR，在联合国的系统中也是主张经过历练的现场主义，一直在开展旨在保护弱者的援助活动。而且……”

“而且？”

“联合国的事务所大多很欧美化，不会有上下级关系之类的困扰，也不需要为无聊的人际关系而烦恼。”

艾德淡淡的彩虹色眼眸里掠过一丝冷笑。

“有道理。顺便问一句，你以前就对难民问题感兴趣吗？”

“我没有专门学过有关难民问题的知识，但是上大学时曾经学过开发经济学，在伦敦留学期间曾经专攻过国际沟通论，因此，很精通发展中国家面临的各种问题。此外，伦敦大学的艾曼纽·哈瓦德教授编写《民族学大全》时，我也担任过助手，参加了调查，所以也具备有关民族纷争和内战方面的知识。当然，如果有幸被UNHCR录用，我打算重新学习难民问题，绝对不会让你们因为录用了我而后悔。”

在里佳工作的那家有名的投资银行里，没有用处的员工会被无情地解雇，被超负荷使用的员工大都因过度劳累而辞了职。在那里打拼了五年的职场经历，使里佳对自己很有信心。不错，你回答得很完美。艾德的眼睛里露出这样的意思，耸了耸肩，提问又回到了其他考官那里。当里佳听到“录用与否，过几天会通知你”时，面试结束了，里佳正准备起身离开，艾德好像刚刚想起似的，再次发问。

“最后，再问一个私人的问题。你刚才提到的极其日本式的无聊应酬，是什么呢？”

“啊？”

“你刚才说，不得不应对上司的无聊要求。”

对于这个出乎意料的问题，里佳虽然有点儿为难，但还是举了个不痛不痒的例子：“比方说，下班后一起去喝一杯好吗，之类的。”

“喝一杯？”

“一旦上司这么邀请，就不好拒绝。虽说是一家外国公司，但我的顶头上司是一个地地道道的日本人，所以才会是这样的职场环境。如果拒绝的话，第二天你的桌子上就会出现比平时多出一倍的工作量。”

“哈哈哈。”

艾德靠在椅背上，鸡啄米似的点着头，然后，他猛地向前一探身，问道：“那么，现在，咱们去喝一杯怎么样？”

“啊？”

里佳在面试过程中一直按照预定方针，不胆怯、不犹豫、充满自信，可是面对这个问题，她第一次慌了神。

“现在吗？”

“是的。”

“喝一杯？”

“嗯。”

“这个……今天有点儿事，回头我要去见个重要的人……”

当她不自觉地眼神游移、吞吞吐吐时，艾德慢慢收起嘴角的笑容，直视着里佳游移的目光，像箭一样锐利。

“如果你觉得为难，可以明确地说No。职场环境是通过相互之间的沟通和努力建立起来的，至少我明天不会在还不存在的你的桌上放一大堆活儿的。”

就这样，里佳顺利地得到了这个空缺。从企业战士华丽转身为国际公务员后，他们之间发展到“喝一杯”的关系，还是经过了一段时间。

里佳最初被分到负责募集援助金和管理数据的部门，虽然同在东京事务所，但和宣传部的艾德的交往也只是碰面时打个招呼的程度。

UNHCR写字间位于面朝青山大道的UN大厦六层，采用的是欧美样式，沿着窗边是一排一个个间隔出来的办公室。这里总共有十三名职员，其中担任管理职务的专员有四人，普通职员有九人。包括艾德在内的专员们有各自的办公室，和给他们当助手的一般职员相比，待遇上颇为悬殊。不过，两者之间并没有什么隔膜，反而有着很通畅的亲密关系，这也许是因为UNHCR在联合国中是屈指可数的气氛外向的部门以及所有办公室都是整天开放的习惯吧。

一天晚上，正在加班的里佳经过艾德办公室门口时，从敞开的门内传来一声噢的吼叫。在写字间里听到他这种怪叫并不稀奇。还是躲远一点儿好……里佳蹑手蹑脚地走过去时，偶尔抬头往里瞅了一眼，刚好和艾德的目光对上了。

坐在电脑前的艾德愤怒地耸起肩膀，恨不得想在地上打滚儿似的。里佳实在难以将目光从他那悲痛得近乎搞笑的脸上移开，她若无其事地走过去。

“又发生了什么事？”

里佳只好主动问道。

“是哪里出了新的骚乱？难民营里发生了暴力事件，还是运送救援物资的货车遭到了袭击？不会是有工作人员遇难了吧？”

几年前，一直辗转在苏丹、利比里亚、吉布提等地营救难民的艾德，经常会收到来自各事务所的现状报告和私信。由于和当地难民、工作人员直接交流，建立了感情，因此，他得到不好的消息时所受到的刺激，是一直守在东京的里佳等一般员工无法想象的。

艾德用力摇晃了两三下脑袋，就像在泥水里洗浴过的鸟儿想要把身上的羽毛甩干一样，然后重重地叹了一口气。

“尼加拉瓜难民营新来的工作人员不知道犯什么糊涂，竟然订购了大量黑豆。从明天开始，难民们就会一边叹气一边吃饭的。”

“黑豆有什么问题吗？”

“尼加拉瓜人的主食红豆饭的原料之一必须是红豆，这是从他们的曾曾曾曾祖父、祖母的时代传下来的。你们日本人不是也有绝对不能逾越的底线吗？比方说，你会用白豆煮红豆饭吗？会用埃及豆做纳豆吗？日本人很喜欢喝啤酒就毛豆，但是不可能让他们用毛豆做豆腐吧？”

“毛豆豆腐，我家附近的豆腐店就卖。”

“要是叫你每天都吃毛豆豆腐呢？”

里佳两手一摊。在这种国籍不明的联合国工作，自然就学会了这类肢体语言。表达感情时稍微夸张一些比较合适。

“作为每天的主食的话，我还是喜欢吃一般的豆腐，只是……”

“只是？”

“如果是一项重要的任务，每天吃毛豆豆腐也没关系。”

这句话仿佛给艾德正为黑豆苦恼不已的大脑输入了新的燃料。

“当然是重要的任务啦。多亏了你的提醒，我刚想到一个好主意。我要调查一下人类对于脱离了传统饮食文化的主食的适应能力。怎么样，是个很有挑战性的任务吧？”

很明显，一本正经地说这番话的艾德是在故意正话反说，这也激起了里佳的火。

“明白了。”

里佳简短回答完，转身走了。两个星期后，她把一份报告交给了艾德。报告非常详细地记录了把毛豆豆腐当作主食的十四天的菜单、饱腹感、身体状况和体重的变化。

艾德发出赞叹的声音。

“哇，真是太让人惊讶了，太了不起了。”

“算不算是一次有意义的调查？”

“看来豆腐真是健康食品啊，减肥效果也的确很不错。哎呀，你真有两下子。我也要以此为参考，明天开始吃豆腐。辛苦你了！”

艾德惯于用这种逗笑的恶作剧把对方搞得啼笑皆非。当对方疏忽大意，所谓灵魂处于真空状态时，他就会突然伸出一只手抓住对方毫无戒备的心。

“完成这个任务之后，你现在是什么心境？”

“再也不想看到豆腐了。”

里佳间不容发地答道，然后第一次听到了艾德发自内心的朗朗笑声。

“那么今天晚上，我请你吃想吃的东西吧。”

“啊？”

里佳处于真空状态的灵魂，一不留神被抓住了，艾德对她说：“可以的话，一起去喝一杯？”

里佳万万没有想到，她会在当天就和艾德上了床。

在投资银行工作的五年间，里佳和公司里的人都保持着一定的距离，无论是外国同事，还是日本同事。即使工作时间以外不得不应酬，也绝对不给对方留出缝隙，比如让对方进入自己的私人领域，或是把私人手机号码告诉对方，更不用说职场恋爱了。因为一旦因男女关系发生纠葛，吃亏的肯定都是女人。虽说时代不同了，女人变强了，女人比男人更有活力了，然而，由于恋爱而迷失自我，乃至失去社会性的仍然是女性。里佳曾经不止一次见过，连女性都羡慕不已的优秀女人，却被那种无赖男人搞得晕头转向，最后身败名裂。原本大有前途的女职员，由于毫无希望的职场内的婚外恋，最后落得被迫辞职的下场。

里佳不想吃亏。不愿意因为自己是女性，就被迫进入对自己不利的公司。所以，她选择了男女完全平等的外商公司，换工作时又选择了国际色彩浓厚的联合国机构。她已经是独当一面的国际公务员，才不会傻到为了和上司谈恋爱而甘冒失去目前工作的危险。

然而，当她清醒过来时，发现自己已经一丝不挂地和艾德相拥在一起。

她的确是醉了。在艾德带她去的那家位于表参道的西班牙餐厅里，里佳以少有的愉快心情喝着葡萄酒。仅仅能够吃到毛豆豆腐以外的料理就让她感到高兴，吃得越多也就喝得越多。当然，也是因为受到就像喝水一样快速干杯的艾德的影响。

“你酒量真不错。”见艾德千杯不醉，里佳吃惊无比，“你应该拿着瓶酒对嘴喝。”

“经常有人这么说我。喝葡萄酒要用扎啤杯喝。喝啤酒的话，要用壶喝。还喝不醉的话，就抱着酒桶喝。”

“你是海量吗？”

“嗯……确实是，怎么喝都不会醉，不管我喝多少，酒精都不会存下来似的。刚刚感觉有点儿醉了，突然间，一切又回到了零起点。又得从头再来。总而言之，酩酊大醉之路凶险而漫长啊。”

“真是够费钱的。”

“这和我们的工作是一样的。当A地区刚刚安定下来，难民终于返回了家园，B地区又爆发了动乱，毫无防备的无辜民众，不得不背井离乡，没有个完……”

“但是，B地区出现了新的难民，不等于A地区的成绩化为零啊。”

“那是当然了。每当看到人们返回土生土长的家乡时快活的样子，我的内心就会积淀下某种东西。就是说，在前方的话，至少可以做一些比往无底洞的胃里灌葡萄酒更有意义的事。”

听着艾德干巴巴的笑声，里佳忍不住问了一个凡是了解他的人都会这么想的问题。

“你想要回去吧？”

“嗯？”

“你的眼神表明了，想马上回到前方。”

“嗯。”艾德没有否定，“是啊，如果可以的话。”

“难道不可以吗？”

“专员都是轮换着去的。在高度危险的D地区或E地区工作一段时间后，必须在局势稳定的国家的事务所待上几年。所以，我至少还要在东京待一年。”

“你为什么要求来东京的事务所呢？”

“因为我的名字。”

“名字？”

“艾德这个名字的发音[1]在古代日本语里是东京的意思吧？我是听在前方认识的一个日本人告诉我的。嘿，有这事？那我应

1 艾德的发音是edo，和东京的古地名“江户”的发音相同。

该去东京看看。于是我就来了，就这么简单。反正，先进国家的首都都大同小异。”

艾德一本正经地调侃道，然后瞅着沉默的里佳补了一句：“但是，我不希望别人以为我轻视这里的工作。”

对于这一点里佳也承认。为了给受灾地区多争取一元钱的捐款和赞助，他积极地向外务省交涉、向媒体呼吁，为了举办宣传活动和研讨会日夜奔走，这些都是众所周知的事实，甚至有不少驻日职员和非政府组织的相关人员都是看在艾德的面子上，主动帮他开展宣传活动的。

“说说你吧，怎么样啊？来我们这里快三个月了吧，对难民问题产生什么兴趣了没有？”

面对突然提出的问题，里佳不知怎么回答才好。艾德已经看透了里佳之所以来应征，是因为联合国只有UNHCR招募新人。

“我在看UNHCR以前的资料和有关难民问题的书。不过，这些都是书本知识，还没有切身的感受。我觉得，不亲自去前方体验，就无法真正了解难民问题。”

“那你就去体验体验呗。”

“我是在本地录用的普通职员，不可能派去的。”

“普通职员也可以在紧急应对人员的名单上登录的，如果你有这个想法，我可以推荐你作为JPO（青年专业人员）的职员，去填补前方的职位空缺。当然，前提是你必须具备这种能力，还要通过JPO的考试才行。”

感觉有些尴尬的里佳沉默了。JPO职员——以实习专员的身份亲赴前方。她很清楚自己根本没有这样的心理准备。

在没有电、没有水，也没有通信条件的异国他乡，恶劣的交通状况，帐篷里拥挤着的无数难民，民兵和当地居民的挑衅或攻击，针对国际机构的恐怖袭击，这些都是自己根本无法忍受的。

艾德正确地解读了里佳的沉默，说：“好了，我只是随便说说。只有依靠先进国家的工作人员募集的援助资金，才能展开前方的活动。每个人所起的作用是不同的。而且，要是因此在东京事务所看不到你的小腿，也太可惜了。”

“小腿？”

“你大概不知道吧，面试那天，当我看到你走出房间的一刻展露出的从小腿到脚踝的优美曲线时，我就决定要投这个人一票。”

“什么……”

里佳微微一笑，以掩饰内心的慌乱。

“我可以理解为，这是职场的上司，对于我的小腿在东京事务所里的存在价值表示肯定吗？”

“不对。”

艾德眯起了眼睛，似乎在拒绝里佳勉强露出的笑容。

“这不过是出于男人的情欲。”

原本顺畅地流入里佳胃里的墨鱼汁海鲜饭，突然堵在喉咙里下不去了。里佳好半天才咽了下去，她摩挲着胸口，抬起头来。

“我可以提一个问题吗？”

“洗耳恭听。”

“你刚才说的情欲，现在还有吗？”

“有啊。”艾德点点头，用沙哑的声音回答道，“就像是熊熊燃烧的战火。”

两人第一次四目对视了，里佳忽然发现，比她大九岁的艾德是一个很性感的男人。就连沾在门牙上的墨鱼汁，都证明了他是一个和满大街的好男人感觉大相径庭的成熟男人。就连沾在门牙上的墨鱼汁都——

就算是这样，也没必要上床啊。

不能和职场的男同事有肉体关系。不管是应艾德之邀坐出租车前往他的公寓时，还是坐在艾德那黑白色调的卧室里的床上，等着他洗澡出来的时候，里佳的原则也丝毫没有动摇。虽然有些醉意，但她的头脑还是很清醒的。她告诉自己不可以这么做，吃亏的肯定是女人。

然而，她最终还是没有能够抗拒这个男人。也许是因为两个人喝了四瓶葡萄酒的缘故，也许是因为三年前和男朋友分手后就不曾被男人搂抱过，身体如饥似渴的缘故。反正，里佳赤身裸体地和艾德相交，获得了前所未有的满足。

艾德处于极度的饥渴状态，仿佛要吞掉里佳一样地贪求着她，一次又一次地做爱。他那无休无止的欲望令里佳惊骇，甚至使她感到恐怖，恍惚觉得自己将要被他整个儿吞噬似的，但自己全身的骨、肉及每一个细胞，都仿佛受到了艾德的洗礼，蜕变成了另外某种骨、肉和细胞。当她突然意识到这种感觉后，便产生了难以描述的快感。

艾德的做爱方式很特别。在认识艾德以前，里佳觉得性爱就像在舒服的泉水中嬉戏。然而和艾德做爱，就像是在和惊涛骇浪搏斗。当无数次做爱、无数次攀上巅峰后，艾德眼睛里仍然充满了饥渴，只要看到他这样的眼神，里佳的身体里就会再度激情荡漾。

“真受不了啊，越干越想干。你的身体到底是什么构造的？”

“我还想问你呢！”

两人都惊叹于彼此肉体的默契，性爱更加频繁了，直到结为夫妇后，也没有丝毫衰退的迹象，甚至可以说，相互的需求越来越强烈了。即便艾德在地球的另一端，里佳仍然可以在信箱中拿到他的来信。

这个国家的邮筒就跟垃圾桶差不了多少，所以，我拜托去曼谷出差的同事帮我寄给你这封信。

我的太太，一切都好吗？

东京事务所的同事们都在忙什么？

这里的状况我想你已经通过日内瓦总部有所了解了，还是那么糟糕。邻国的动乱丝毫没有平息的迹象，新增设的难民营里今天又住进两百个新来的难民。这个国家的政府不愿意再继续接收难民，当地居民对于受到我们保护的难民日子比他们过得还要好也颇为愤怒，而难民们还每天向我们哭诉，询问什么时候能回到自己的国家……没办法，早就习以为常了。

虽然我一直相信，只要耐心地等待，事情总是会向好的方向转化，但是，并非每次都能得偿所愿。看到手腕上戴了营养严重失调标志环的孩子一天天增多，真是感到很沮丧。当绝望这两个字刻印在脑子里盘桓不去时，我就想你，想你那完美的小腿，还想和你做爱的情景，从头到尾、无一遗漏地回想着那些永远难忘的良宵。结果，不可思议的是，原以为已经倾尽了所有技巧和精力，已经是全力以赴做爱，仍然发现有欠缺之处，那个时候再那样一下就好了，那个地方再这样一下就好了。人不可能做得那么完美，什么事都有改善的余地。对了，即便是这里的难民营里，也肯定有很多我必须做的事——这么一想，我就又变得这样精神焕发了（但愿你不会蔑视我这样具有积极意义的好色）。

不管怎么说，年底我可以回国休假的。昨天，在邻村的难民营里，联合国儿童基金会的职员受到游击队的袭击，手臂骨折了。不过，我发誓，一定完好无损地回去，和你共度销魂的佳期。

我向你的小腿和性爱之神发誓！

在与死神相伴的精神紧张的环境里，这种“轻浮”似乎起到了给艾德精神减压的作用。

艾德的这种冷幽默也影响了里佳的心情，给她带来了笑容，然而，只限于刚结婚后这段短暂的时期。

把丈夫送往战场一般危险地区的不安。说不定什么时候便会接到丈夫受伤、生病，甚至是死亡的消息。翘首以待，好不容易等到了艾德回国探亲的日子，他又马上启程前往电话都不通的边境地区。下次什么时候回来？里佳还没问，艾德就笑着说，一年之后会再见。不，我说不好。如果发生新的动乱，休假也不得不取决于诸多不确定的因素。

尽管她觉得自己已经做好了思想准备，但作为置身前方的UNHCR职员妻子的境况，还是令里佳感到超乎想象的疲惫。

不，也许自己根本就没有做好精神准备吧。我没有任何心理准备，只是出于和坚持每天吃毛豆豆腐相同的逞能和冲动，成为他的妻子的——里佳对这个婚姻开始感到后悔，连三年时间都不到。

说起来，他们决定结婚的契机是一次偶然的拌嘴。

在两人恋爱大约一年后的一天，由于一件很偶然的事，艾德提到了他的前妻，里佳愤怒地质问道："你说什么？我可没听你说过你结过婚呀。"

"只是一直没有机会告诉你，并没想瞒着你啊。况且，这都是八辈子以前的事了，四十多岁的男人，只离过一次婚，对于美国人来说，就是很正派的男人喽。"

"我还以为你是单身主义呢……真是难以置信，你曾经堂而皇之地当过别人的丈夫，我感觉就像遇到了个骗子。"

让里佳愤怒的并不是他有个前妻，也不是他一直把这件事隐藏在心里。而是艾德曾经结过婚，曾经作为丈夫组建了家庭，这和他的形象实在相去太远，所以，里佳才会感觉遭受了极大的背叛。

"是她要求结婚的。"

艾德多少有些愉快地望着里佳剑拔弩张的样子，但嘴上还在努力安抚她。

"你知道的，一年中我有三百四十天是在电话都打不通的地方。她说，无论我每次回国探亲和她度过多么甜蜜的时光，一旦我再度奔赴新的工作地点，就感觉彼此又变成了陌生人，真真正正的陌生人。有一次，她终于要求我必须做出抉择，或者从此永远变成陌路，或者结为夫妻，要我二选一。”

“于是，你就选择结为夫妻了？真够走极端的。”

“恋爱会使女人走极端的。其实，她并不明白，夫妻也同样是外人。”

“你这话是什么意思？”

“她可能是认为夫妻就应该一心同体。刚一结婚，她就变得比以前更不愿意让我去危险地区了。由于为我忧虑过度，她甚至开始去看心理医生了。后来有一次，她公司的同事去安慰她，他们就闪电般地变成了情人。这种事司空见惯。”

当时艾德正被派驻苏丹，为了向她问候一句“圣诞快乐”，他驱车去打卫星电话，途中差一点儿遭到武装分子的攻击，但他仍然不顾一切地开到了位于市区的UNHCR事务所。然而，当他拿起电话，温柔地说出“圣诞快乐”时，却听到哇哇大哭的声音。

“怎么了？亲爱的，你怎么哭得跟婴儿似的啊？”

“就是婴儿在哭啊，艾德。上个月，我生了个宝贝。”

“这不可能，咱们差不多应该有一年零五个月没见面了呀。”

“是的，你说得没错。我可以让宝贝的爸爸听电话吗？”

艾德一边乐不可支地笑一边把当时的对话复述给里佳，但里佳完全不觉得哪里有趣。

联合国的职员，尤其是重视前方工作的机构里的专员离婚率大都比较高。不光是因为一年中的大半时间夫妻要分居两地，更因为大部分驻地都在无法通电话也很难收到信的边境。无论热烈似火的爱情，还是深沉含蓄的爱情，在其中一方犹如从这个世界消失般的长时间的“不在”面前，都会无可奈何地败下阵来。

里佳明知会如此，仍然问艾德“那么，你想不想再选择一次”，说明在她内心深处有着不少逞强和挑战精神。

“再过几个月，你又要回到前方去工作了吧？在去之前，我希望你选择一下，是和我分手后离开日本呢，还是成为夫妻呢？”

这么做并不是想和他的前妻置气，里佳是对于艾德刚才不容置疑地说出的“夫妻也是外人”那句话耿耿于怀。

艾德这个人就是这样不可思议。无论多么激情相爱，即便每天都卿卿我我，他在本质上却仿佛拒人千里之外，不让任何人触及他身上最脆弱的地方似的。

既然他和前妻那么冷漠地分了手，那么，自己更想要成为他真正的妻子了。里佳希望自己能够融化艾德坚硬的外壳，进入他的内心。就是这样的好强心使里佳走入婚姻的步伐加快了。

同时，里佳也有自己的打算。既然和同一个职场的男人上了床，与其以女友身份等他回来探亲，不如安稳地坐在妻子这个特等席位上。

职场内的恋爱关系一旦被发现，吃亏的永远是女人。不过，如果有了结婚这个光环，女人就成了堂堂正正的赢家。国际公务员之间结婚是常有的事，艾德是专员，年薪比普通职员的里佳高很多。里佳曾经长期在国外生活的父母，已经很习惯女儿把外国男朋友介绍给他们了，所以，只要艾德愿意，可以说没有任何障碍。

于是，艾德做出了选择。

“和你分手我受不了，咱们结婚吧。”

当听到艾德告诉她，他将被派往刚果时，里佳心里发出了欢呼：“我胜利了。”我可真有两下子啊，我是绝对不会吃亏的。

每次回想起自己当时这些只能说是脑子有毛病的愚蠢透顶的念头时，里佳就不由得露出苦笑，归根结底，自己也不过是一个陷入情网的女人，对一个男人执着到失去了自我。

为什么当时自己会认为，只要结了婚，就可以和艾德一起幸福地生活下去?

只要自己稍微冷静一点儿的话，就应该看得出，两人的婚姻只不过是在重蹈艾德第一次婚姻的覆辙。

而且，这段婚姻最终也会走向同样的结局。

里佳在约定的十二点半过了五分钟走进“铁门”时，一向守时的琳达已经坐在靠里面的餐桌前摊开了菜单。这家餐厅位于青山路附近的胡同里，大概是价格偏贵的关系，午餐时间没有什么客人。

“真对不起，我迟到了。给您，这个……”

里佳在琳达对面坐下后，把一份资料交给上司，像是在为自己辩解。这是准备提交给外务省的申请紧急援助的资料，但是，里佳只是浏览了这份资料一遍，添加了狮子山共和国的事件，便花去整整一个上午的时间。

“辛苦你了。”

琳达没有打开资料看一看，就放进了皮包，她喜欢自己一个人的时候再仔细地确认。

“好了，你想吃什么肉菜？不管是一头牛还是两头牛，你可以敞开了吃。”

“谢谢您的好意。不过，有这个女士套餐就够了。”

“哟，真的吗？那我就来一份这个什么铁式牛排吧，其实我也搞不懂铁式牛排是什么玩意儿。”

不在吃饭的时候谈论工作，专心享受闲聊的乐趣是琳达的风格。然而，这两个星期来，就连琳达也做不到这样潇洒了。等着牛排上桌时，她们就眼下正战火纷飞的伊拉克战争交换了信息，对于仍然留在伊拉克国内的“人肉盾牌”以及逃到约旦避难的索马里难民的安危深感担忧。几天前，在刚果因种族对立造成上千人死亡，还有在中国肆虐的SARS也很可能会波及联合国工作人员，这些都让她们忧心忡忡。

尽管谈论着这些沉重的话题，但牛排上桌后两个人都是一扫而光，连搭配的蔬菜也没有剩下。其实里佳也是勉为其难，因为她不想让别人感觉自己难过得食不下咽，更主要的是，艾德最讨厌别人不把东西吃光。

“对了。”

当两个人开始喝餐后咖啡时，琳达终于谈起了正事。

“我相信你会慢慢地走出悲伤的谷底的，不过，我想知道，你现在的心情怎么样。我知道，艾德的死对你来说是难以承受的痛苦。但是，这样下去的话，我也会失去你的，我很害怕。”

琳达给了自己三个月的时间来恢复，而且，没有当面责怪过自己。面对琳达，里佳十分愧疚，垂下了眼睛。

“很抱歉。连我自己也觉得很不像样子。可是，我实在没有办法……我真不知道该怎样做才能找回原来的自己。继续这样下去，我只能拖累您，也会给事务所的人继续添麻烦的。所以，琳达，您要是做出了决定，我一定会服从的，不会有怨言。”

“你错了。做出决定的人不是我，而是你自己呀。”

里佳原本等着琳达宣布解雇自己的，没想到，琳达对她说出了出乎意料的话。

“里佳，我有一个建议，请你冷静地听我说，好吗？”

“建议？”

“你愿不愿意接受一下恶治？”

里佳立刻紧张起来。

“什么恶治？”

“艾德刚刚在阿富汗遇难，跟你说这个可能有点儿残酷，但我还是得说。里佳，你想不想去阿富汗？”

“去阿富汗？”

“西部的赫拉特有一个空缺，我和那里的所长曾经一同经历过波斯尼亚地狱般的历练，友情深厚。所以，只要你愿意，我可以鼎力推荐你去。当然了，在此之前，你必须通过JPO的考试，而且形式上必须先以实习人员的身份派驻当地两年。不过，里佳，如果你愿意去的话，我可以向他保证，你可以立刻上岗。”

“请等一下。”

“里佳，这已经是第三次了。之前，我曾经两次劝说你去前方工作吧。可是，每次你都很犹豫。我不知道你为什么犹豫。也有一些职员是因为家庭或身体原因想去却去不了前方的，所以我猜你也一定有你的难处吧。只是，这一次我认为你应该用积极的态度考虑一下。说实话，因为我不忍心看着你在东京沉浸在艾德的死亡之中不能自拔。”

“琳达，等一下……”

“前方当然什么都没有。没有美味的牛排，没有漂亮的衣服，也没有可以消除疲劳的浴缸，只有永无休止的死亡，令人绝望透顶的死亡。在那里，你很快就能够很坦然地面对艾德的死了。”

“这就是你所谓的恶治？”

“那些难民几乎都有家人死去，他们会告诉你的，比起哭泣来，要做的事还很多。”

里佳紧紧握住放在桌上的双手，右手的指甲抠进左手背的肉里，左手的指甲嵌入右手背上的肉里。虽然里佳可以发誓，自己不曾在职场流过一滴泪，但还是被琳达看出来了——每天下班一回到公寓，里佳每夜都是以泪洗面。

“很感谢您为我操了这么多心。但是，我是在日本得到录用的一般职员。这十年来，我从来没有离开过东京，即使去了前方也……”

“三年前，我把你调到宣传部之后，就把我的本事都传授给你了，对吧？就拿我指导你的联合国文书的撰写方式这一条来说，你就完全可以胜任专员了。你最好不要认为谦虚可以成为拒绝的理由。”

里佳交换了握着的两只手，低下了头。琳达的确是一个出色的上司。虽然有些专员把下层职员当成打杂的使唤，但她给里佳提供了很多学习机会来积累经验。如果说，是艾德让被国际公务员的光环吸引到UNHCR来的里佳认识到难民问题有多么深刻的话，那么，让她对这份工作产生热情，并从中发现了自己的价值的则是琳达。辜负她的期待即是在作孽。然而——

“里佳，你还是在犹豫吧。”

“是的。”

“为什么犹豫呢？”

“……”

“我一直就想不明白，艾德生前不是也一直希望你能去前方吗？”

被刺到痛处的里佳，又用指甲掐起自己柔软的皮肤来。

“嗯，艾德的确是这样希望的。”

“是吧。”

“但我很反感，我一直把前方看作敌人。”

“敌人？”

“是把艾德从我身边带走的敌人。”

琳达瞪着她那对乌黑的大眼睛，一眨不眨地凝视着里佳。即便面对支援国的反政府组织威胁要封锁运送物资的道路时，她都不曾畏惧过。里佳避开了她的目光，琳达也没有打算为难属下。

“下个星期之内回答我好了。”

琳达轻盈地拿起账单，离开了餐桌，里佳也留下那杯放凉了的咖啡，跟着她走了出去。走到外面后，感觉四月的天气还是有点儿冷飕飕的，不像是春天，仿佛置身于琥珀色的金秋时节。一阵风从耳边呼呼刮过，里佳停下脚步，身体使劲向后仰，抬头望着天空，仿佛在追寻远去的风声。

风，随风飘舞的塑料布。我看不见它们——

新婚生活就像是一阵旋风。二十五天，这就是里佳和艾德的新婚时代的全部。第二十六天的早晨，艾德结束了在东京事务所的工作前往刚果，当时，里佳还是笑着送他走的。原本这次结婚就是因艾德重回前方而导致的，而且，在婚姻登记后的二十五天里，艾德在床上的奋斗也让里佳极其满足，简直想颁发给他一枚勋章了。

里佳可不是一个丈夫不守在身边就整天愁眉不展的二十多岁的年轻妻子。每当结束一天的工作回到家中后，里佳都在琢磨自己该做些什么，作为妻子应该做的事。即使丈夫不在，也有自己能做的事。对了，首先要建造一个新的城堡。

他们的新居在白金台的外苑西路附近，是艾德以前独自居住的公寓。由于房间很大，两个人住都足够宽敞，于是里佳便带着自己的东西搬了进来。艾德只购置了最低限度的生活必需品，简直没有生活气息，被说成是商务酒店都不过分。所以，即便里佳的家具和私人用品填补了空隙，房间里仍然感觉空荡荡的。

先从这个客厅着手吧。她要造就一个让艾德从风餐露宿的前方回来后，感到身心放松、充满温馨家庭氛围的城堡。

里佳把冷色系的窗帘换成了暖色系的，在地板上铺了地毯，桌上摆了餐垫，椅子上放了坐垫。厨房里购置了一套铜锅。浴室内摆了一排装有五颜六色的浴液的玻璃小瓶。阳台上种了花草、番茄和辣椒。虽然她还想养小猫小狗，但考虑到至少这件事必须征得艾德的同意，就作罢了。

时隔一年，终于等到艾德回国休假的当天晚上，当艾德打开完全变了样的房间时，他脸上现出的充满矛盾和混乱的表情，里佳永远都无法忘记。

“你真行啊，就好像进了别人家似的。”

“做梦也没想到你还有理家的本事啊。”

“都可以上时尚杂志了吧。”

“这么漂亮的家，不管邀请谁来，都不会觉得没面子噢。”

艾德站在客厅门口大呼小叫个不停，毫不吝啬地对正把精心烹制的菜肴端上桌的里佳发出喝彩。然而，他的脚却不愿意跨进客厅。不简单。太惊讶了。太棒了。真不敢相信。他的兴奋只是表现在嘴上，而溢美之词也终于见了底。当艾德的赞美声渐渐失去气势终于没词儿了时，便立刻出现了尴尬的沉默。

“艾德，菜都快凉了。”里佳催促着。

艾德无力地点点头，轻轻踩在柔软的地毯上走进来，他的脚步宛如光着脚走在地雷区里的小孩子一般让人揪心。

新的一切都让他警惕，威尼斯蕾丝的桌垫、里佳亲手缝制的坐垫，以及在餐桌上冒着热气的各种菜肴。虽然艾德尽力掩饰自己的心情，但是，他在一如往常的轻松交谈中，很巧妙地，并且很稳健地避开对他来说不稳定的因素。

“这桌垫越看越有品位啊，万一弄脏了多可惜，我就不用了，放在旁边吧。”

“这个坐垫可真柔软，摸着也特舒服，可是，我的屁股已经习惯坐硬椅子了，坐这个似乎太奢侈了。”

“里佳，现在才知道你的厨艺这么好啊，太让我惊喜了。不过你也有工作，不用太勉强啊。我吃饭只要有便当和外卖就足够了，我们还可以去外面吃呀。”

一般来说会给人带来安宁感的这一切反而对他构成了威胁。新婚才一年，就明白了这一点的妻子，到底该怎么做才好呢？里佳能够做的，就是努力掩饰内心的不安，竭尽全力去配合着表面上和平时一样说话的艾德。

难道说我完全想错了？

“太好了，床上还没有变样。”

那天晚上，当艾德打开卧室的灯，小声说出这句话时，里佳终于听到了他的真心话，她松了口气，差点儿掉下眼泪来。

“如果你把床也换成那种有帐幔的，说不定新婚第一年我就会变成严重的阳痿。”

其实里佳没有碰床，是因为不想淡忘和他共度的夜晚，是想要封存艾德的余韵。

那天晚上，阔别一年的他们激情燃烧。艾德亢奋无比，完全感受不到他在前方工作的疲劳，里佳也纵情投入地回应了他，两人再次感受到在性爱上的天作之合。

同时，里佳也在那天晚上确认了一个事实，即两个人搂着睡觉的话，丈夫绝对无法入眠。

在卿卿我我之后，即将入睡之前，艾德总是和里佳的身体之间隔开一些空隙。

然而，在最初的两三年里，里佳仍然不想认输，仍在苦苦挣扎。虽然不再花心思去装饰客厅了，但为了让艾德感受到婚姻生活带来的种种“好处”，她一直费尽心机，不断进行尝试。

江山易改，本性难移。然而，岁月改变一个人的情况也不是完全没有。也许有朝一日，当艾德拖着疲惫的身体从前方回来时，会突然间醒过来，发觉：“这不曾有过的松弛感觉，是怎么回事？”“在令人忧郁的现实中，怎么也会有让人眼前一亮的取之不尽的温暖？”

天性不愿意服输的里佳憧憬着那一天，她拼命钻研厨艺，阳台上种的蔬菜种类也越来越多。厨房里增添了可以烤整只火鸡的大烤箱，储藏室备有自制火腿熏烤器、自动烤面包器以及家用面条机等秘密武器。每次艾德回国，她都拍摄大量照片填充两人的相册，仿佛三百六十五天他们都甜蜜地生活在一起一样。考虑到要在关键时刻充分体现出家庭的不可替代性，她还经常检查急救用品和避难用品，从不懈怠。

对于里佳的这些做法，艾德虽然抱着不解，甚至有些畏惧的态度，但从没有露骨地表示过反抗。也许是觉得反正回日本探亲才短短的十天，忍一忍就过去了，但也好像是在极力容忍里佳的奋斗，或者说是在努力容忍婚姻生活本身。

可是，在结婚三年半后的某一天——准确地说，是艾德从赴任地第三次回日本探亲的那天晚上，当他穿着里佳亲手给他做的睡衣上床后，到早晨醒来期间，他的内心似乎发生了某种变化。

“我以前就有这个想法……”

吃早餐的时候，艾德故作轻松地提个小小建议似的说道，但他的眼神显得格外紧张。他这个表情里佳记得非常清楚，犹如用摄像机拍摄下来一样。如果真的用摄像机拍下来的话，应该命名为“攻防转换”。到目前为止，一直处于守势的艾德第一次开始了进攻。

“里佳，你的那个……怎么说呢，我觉得你把充沛的精力浪费在日本国内太可惜了。说真的，我完全没有想到你是这么勤快的太太。相反，你给人的印象是很喜欢事业，现在我仍然觉得那样更适合你。你不知疲倦的挑战精神、毅力，还有不服输的强势……在家庭里根本没有你的用武之地。所以，我建议你报名去前方工作，怎么样？”

“我去前方？别开玩笑了。”

在里佳听来，那只不过是个特别无聊的玩笑。

“我可是个普通职员，是对我的小腿一见钟情的您面试后录用的呀。”

“你的美丽小腿在世界各个角落都会大放异彩的。当然，还有你的工作能力、英语能力和你的活力。说真的，你可以成为一个很称职的JPO，两年后必定会提升为正式专员的。当然，去前方会遇到各种困难，但是，困难可以使你更加坚强，成为阅历更加丰富的人。”

当里佳弄明白艾德是真的这么想时，竟然好一会儿说不出话来，然后，她突然爆发了。

“你说什么哪，艾德。如果我也去前方的话，我们俩只会越来越疏远的。如果我们两个人都去了连通信工具都没有的国家，该怎么取得联系呢？你有把握咱们可以同时休假吗？现在，至少你每次回国探亲时，都可以回到我的身边，我也可以在家里等着你回来啊。”

“你不需要等谁啊。里佳，你有你的人生。”

“那么，你也有你的人生了？艾德，你错了，夫妻应该是同心同德、共同度过人生的。”

这次谈话注定不会有结果。里佳拼命想把艾德拉进家庭温暖的水中，而艾德则一心要把里佳从家庭拉到外面冰冷的空气里去。

从那天之后，艾德动不动就和里佳大谈特谈在前方工作的事，而里佳也不断地抗拒，两个人就像在拔河一样，想把对方拉进自己的阵地来。结果，每次都是还没有决出胜负，两个人已经累得筋疲力尽，或是懒得再争辩下去，倒在休战的床上。

滋润两个人性生活的完美和谐，为什么在日常生活中不能发挥作用呢？在床上的时候，两个人都是勇往直前的勇士。可是，每当夜晚一过去，两个人都像斗败的武士一般垂头丧气，迎接难熬的明天。

艾德回国探亲最长十天，短的时候甚至不到五天。所以，他们的拔河总是没有结果，只能推迟到下一次见面了。

下一次——最快也要一年之后。

里佳只给回到赴任地的丈夫写过一次长信。把自己对他的思念、每天的担忧和纠结、小小的心愿写了好几张信纸，倾诉相思之苦，最后这样结了尾：

“艾德，亲爱的，请你也让我了解你的真心，触摸你赤裸的内心，好吗？你真的把我当作你的亲人了吗？”

当时艾德正在埃塞俄比亚，里佳收到他寄来的算是回信的一张卡片，已经是三个月以后了。

哈喽，太太。现在，我在东部的州府吉吉格。埃塞俄比亚的治安依旧非常糟糕，今年还遭遇了严重的干旱。我们为了寻求水和粮食的紧急救援四处奔走，现在还在致力于把生活在难民营中的索马里难民送回国。可是人手不够，钱也没有，简直就是徒有其名的支援活动。

我知道，世界早就把索马里难民给忘了，然而，他们依然在这里。他们恨不得一边使劲跳着，一边向全人类挥动双手，大声喊叫“喂，喂，我们在这儿呢”。遗憾的是，我只有两只手，而随风飘舞的塑料布却无休无止。

不过，我每天晚上都在为你的健康祈祷噢。你不用为我担心。我向你的小腿和性爱之神发誓，我还是会平安地和你重逢。

谨致以无比淫荡的爱
艾德

里佳一遍遍地看着卡片，想要从中找到对自己那封信的回答。她牵强地解释，第一句“哈喽，太太”，可以说充满了他把里佳看作亲人的决心。但是，最终里佳的理智做出了冷静的判断——他现在根本无暇顾及她。

有一点算是好事：凡事都会有好的方面。

和艾德的婚姻让里佳知道了人生的复杂。里佳已经不再用这场婚姻自己是占了便宜还是吃了亏这样单纯的标准来衡量了。人生有时候不得不走在一片连得与失都没有的不毛的荒野上，只有自己一个人，孤独无助地走着，茫然不知所向。

滑稽的是，每年聚会几次的大学同学，全都认为里佳和成功人士结了婚，“占了大便宜”。在世界各地飞来飞去的联合国职员的妻子，多美呀。国际婚姻真是太牛了。白金台的公寓太让人羡慕了。先生整年都不在家，多自由啊。这些争先恐后对里佳表示艳羡的老同学中，甚至有人以为联合国职员的收入比日本首相还要高。

“你们省省吧。你们好好想想，自己的丈夫正在轰炸声不绝于耳的危险地区噢，随时都可能会受伤、生病啊。万一遭到绑架的话，你还敢在公众面前说什么，不能向恐怖分子让步之类的吗？你还能够把世界的秩序看得比你丈夫的生命更重要吗？我每天都在思考这样的事，精神都快崩溃了，我不知道我能坚持到什么时候。而且，我可以发誓，只要这个地球上还存在难民，艾德就绝对不会放弃现在的工作。而且我还可以发誓，只要世界继续这样下去，难民就绝对不会从这个地球上消失。”

里佳认真地辩解，却被“又来了”“别说得那么邪乎了”“真是谦虚呀”等语尾提高的声音打断，于是又被拽回了白金台的高级公寓和高薪的话题上来。

看来，他们并不想了解艾德肩负的任务有多么艰巨。就像以前的自己那样，只想聊些开心的事热闹一下，对难以理解的沉重现实视而不见，这不也是这个世界构造的一部分吗？

在美酒、佳肴和欢声笑语的聚会上，当终于意识到这一点时，里佳突然无比思念起了艾德。或许，默默走在得与失都没有的不毛荒野上的人应该是艾德，或许他非常孤独地走着。但是，他仍然没有放弃努力。

下次见面的时候，一定要用尽全身力气紧紧地拥抱他、温暖他。要抚慰他那疲惫的身体，滋润他那干涸的内心，要用温馨舒适的家庭去包裹他。

可是——一想到这儿，里佳只能任凭张开的双臂去拥抱虚空。

因为里佳知道，自己的这种温情反而会给艾德造成压力。

尽管里佳已经放弃把艾德硬拉进两个人的城堡里，艾德也不再试图把里佳从两个人的城堡里拉出来，但两个人的婚姻能够维持七年，不能不说是一个奇迹。

根本的问题是，他们甚至没有足够的时间谈论离婚这个话题。由于聚少离多，一两年才有几天短短的相聚，即使发现了彼此之间有分歧和裂痕也不会去追究。既然时间这么有限，自然不想大动干戈，而选择了睁一只眼闭一只眼，相安无事地度过这几天。

只要时间允许……正因为如此，里佳经常这样想。只要时间允许，就可以无所顾忌地争吵了；只要时间允许，争吵之后就可以和好；只要时间允许，就可以慢慢抓紧夫妻之间的情感纽带。

基于这种想法，当艾德从刚果调到埃塞俄比亚，又从埃塞俄比亚调到科索沃之后，到了考虑轮调下一个工作地点时，里佳对艾德说出把东京也列入考虑范围的建议。其结果是，这个提议成了解决他们已陷入停滞状态的婚姻关系的导火线。一个不好不坏的导火索。

那是结婚第七年的夏天，从科索沃回日本探亲的艾德，居然得到了两个星期的长假。那年夏天，美国总统原定一个月的休假遭到美国国民的不满，认为“休假太长了”，总统只得缩短为三天。由于发生了这样罕见的抗议，所以里佳和艾德调侃说“这没准儿是布什开恩呢”，不管怎么说，假期当然是越长越好。

配合艾德的回国时间，里佳也申请了一个星期的暑期休假，他们计划去旅行。结婚第七个年头，夫妻俩才第一次外出旅行。两人都觉得这是一个好主意，非常起劲儿地安排起来。其实，他们心里是害怕面对对方，害怕在停滞的空气里封闭在两个人的城堡度过两个星期。

决定旅行去处的是艾德，很早以前他就对里佳说过想去热川温泉。虽然有一个星期的时间，可以找个更有意思的地方去旅行，但艾德坚持要去热川的香蕉鳄鱼园。因为他特别喜欢爬虫类动物。旅行的目的是为了让艾德休养身心，所以里佳也没有表示反对。

他们预约了靠近热川海边的温泉饭店，像一对老夫老妻似的坐上了舞女号新干线。第一天晚上，两个人都兴奋异常，不停地喝酒、泡温泉，结果两人都晕晕乎乎的，也没有做爱，倒头就睡了。

第二天早晨，艾德直奔向往已久的鳄鱼园。艾德在那里看到了超乎自己想象的鳄鱼，像煞有介事似的宣布："我要在这里一直待到公园关门。"里佳说："可以啊。那我去看香蕉。"结果，他们的早餐、午餐和下午茶都是在园内的咖啡厅里吃的，使女服务生很是吃惊。

第三天，他们租了一辆车，从热川前往大约三十分钟车程的白滨海滨。虽然已经过了海水浴的旺季，仍有许多年轻人涌到这里来，喧闹地惜别即将过去的夏天。里佳和艾德在海边喝啤酒，在波浪里嬉戏，在太阳伞下睡午觉。他们在海风中接吻是那么自然，简直就像一对朝夕相伴的夫妻，里佳为此而欣喜若狂。盛夏的一切都炫目得快要把人晒伤了。

所以，那天晚上在饭店酒吧里，两人喝着餐后苹果白兰地，里佳借着酒劲儿，提起了那件事，此时她充满了和任性地在香蕉鳄鱼园一直玩到关门时的艾德相同的天真。

“艾德，现在是不是又该考虑下一个工作地点了？可以的话，我希望你再轮调到日本一段时间。UNHCR的东京事务所正在招募下一任所长，你知道吗？以你的资历和声望，当所长应该不算难事。”

里佳一口气说完后，看着不知如何作答的艾德的紧张眼神，立刻意识到自己毁掉了这次旅行。

“我去应聘东京事务所的所长？”

艾德没有掩饰内心的困惑，他的眼睛里甚至还隐含着焦躁。

“等一等，我完全不明白你在说什么。怎么冷不丁地跟我说这个？”

“我早就在考虑这个事了，不是昨天或者今天刚刚想到的。”

“我可是完全没有这个打算啊。我当东京事务所的所长？东京事务所的所长……东京事务所的……”

就像反复念着可怕的咒语一般，艾德似乎终于想起了他与生俱来的专长，即无论什么事都可以用开玩笑的方式来搞定。

“里佳，你好好想想，如果我当上了所长，东京事务所转眼间就会变成空壳一个，连你也不出三天就想逃走的。因为，我是个不懂得先进国家礼仪的、战地的粗野匹夫。”

里佳没有理睬。

“拜托，艾德，你认真考虑考虑吧。我们夫妻需要更多的时间在一起。我并不是要你一直留在日本，只是希望下一次轮调时你可以选择日本。反正，你早晚要回到前方去，我不会阻止你的。只是，只是下次的工作地点……对我们夫妻来说，眼下是非常重要的时期。”

“重要的时期？”

“比方说，要个孩子啦，等等。”

里佳降低了声音。她本来不想提及孩子的事，可是，她总不能一直把这些话憋在心里，熬到四五十岁。

“女人生孩子的最佳年龄很有限，虽然我们没有认真讨论过这个问题，但以我的年龄只剩下五年了。如果想要孩子的话，就得趁现在……而且，假如有了孩子，在小孩子学会走路之前，我希望你也陪在孩子身边。”

艾德脸上的表情消失了，就连白天被紫外线晒得通红的皮肤也变得铁青。

“里佳，你想要孩子？”

被这个愚蠢的问题搅乱了心情的里佳，马上反问了一个愚蠢的问题。

“你不想要吗？”

这是根本不必问也不必回答的问题。里佳意识到，阻挡在他们俩之间的那道墙，立刻具有了边境一样的凶暴性。

“难道要孩子有什么不正常吗？”

虽然里佳告诫自己，千万不可情绪化，但是自己的声音背叛了原来的决心，提高了很多。

“我一直认为，从恋爱到结婚然后生儿育女是理所当然的事，就像我父母那样。当然，我父母长年在国外生活，也许看上去比较开放，但其实在家里是很普通的夫妻。不好意思，我身上流着他们的血。睡觉的时候，我一碰到你你都不愿意，可我是看着父母亲热地拉着手睡觉长大的。”

说得太多了。虽然里佳从艾德的眼中看到了这个意思，却没能阻止自己越说越激动。

“没关系的，没关系的，因为我的父母是我的父母，你是你。每一对夫妻都不一样。我一直以为我们可以建立适合我们自己的家庭形式，可是，你连这个也不接受。就像你随手把餐垫和我亲手为你做的睡衣拿开一样，你甚至想要巧妙地避开我和我们的孩子，对吧？这是因为孩子会束缚你吗？”

“不光是因为这个，里佳。”

“你希望自己是一名无所畏惧的勇士，可以随时抛弃一切奔赴前方。所以，妻子、家庭和孩子等包袱，你是一概不要的。包括所有你必须保护的东西以及你想要保护的东西在内。”

“你听我说，里佳。也许你说对了一部分，然而，不仅仅是这些。”

“那么还有什么呢？”

“塑料布……”

“什么？”

“随风飘舞的塑料布，没有穷尽。”

艾德说话的声音和他昨天晚上做噩梦时发出的悲痛声音完全相同，一瞬间，里佳真的以为他精神出问题了，不禁哆嗦了一下。然而，艾德那清澈的眼眸正凝视着苹果白兰地的杯子。在这个温泉地老旧饭店的昏暗酒吧中，他的眼睛比任何人都要清澈。

“你可能已经听腻了，但我在许多国家的难民营里，看到很多像塑料布一样被风一下子吹走的东西。无论是人的生命、人的尊严，还是微不足道的幸福，都像塑料布一样飘到空中，变成一团团随风而去。当狂风刮起时，最先被吹走的就是那些弱势的人。那些老人、女人和孩子，还有刚出生不久的婴儿。所以，我经常想，如果有养育自己孩子的时间和精力的话，我应该把这些奉献给已经来到世上的他们。这是我们应尽的义务。因为是我们让这个世界的富人变得越来越富的。”

“义务？”

“或者说，是赎罪。”

“……”

里佳喝了口服务生拿来的矿泉水，发出一声极其沉重的叹息。

除此之外，自己还能做什么呢?

“艾德，在你眼里，或许我是个拘泥于血缘、遗传或是DNA的自私的人吧。事实上也的确是这样。但是，无论你怎么想，我都想要生个你的孩子。这个世界上独一无二的你的孩子……今后，我们俩可以同心同德地为UNHCR的工作做出力所能及的贡献，同时养育我们的孩子啊！”

“地球上的人已经足够多了，因为太多了，到处都是怎么也拯救不完的生命，而且会不断增加。天空中永远飘着遮天蔽日的塑料布。”

“那我们的塑料布呢？谁来拯救我们这块塑料布呢？”

里佳忍不住嚷了起来，她再也克制不了自己了。

“我们夫妻的这点儿微弱的幸福，难道不也是轻轻一吹就会飞走吗？你在前方的时候，是我一个人在拼命地拽住这块塑料布，可你又为我做了什么呢？”

她知道一旦说出口便会结束一切，所以才一直将这句话压抑在心中——

艾德的回答让那“结束”成了现实。

“即使被风吹走了，只要在日本，你一定会降落在一个安全的地方啊。无论多大的风，都不会把你的生命夺走的。你家的房子不会被烧掉，从而导致你无家可归。你的家人也不会在你眼前被杀害。你可以想吃什么就吃什么，可以在温暖的床上安眠。这些，在前方就叫作幸福。”

他们最终得出离婚这个结论是在三天后，旅行的最后一个晚上。在饭店的游泳池，在餐厅，在临近的海边，在再次去游玩的香蕉鳄鱼园，在夜晚的床上，他们不知交谈了多少次，努力想要寻找彼此的交点。然而，越谈分歧越多，无法填埋的鸿沟越来越宽。他们对彼此人生追求的落差之大感到震惊，深受伤害而疲惫不堪。对他们来说，离婚并不是逃避，而是继续前行的唯一出口。

令人意外的是，刚一下定决心离婚，里佳原本深陷失意谷底的心突然开朗起来。有时候已经恶化到头的“最糟糕状态”会给人带来安宁，因为对对方已经不再抱有任何期望，对方也不会对自己再抱有任何期望——

艾德恐怕也是同样的感觉吧，从热川回到白金台公寓后的两天时间里，两个人以前所未有的健康心态度过了所剩不多的时间。他们松开了一直较劲儿的拔河绳子，松弛下来坐在地上，互相抚慰彼此之间的争斗。

艾德回科索沃的前一天，他们一起去区公所办理了离婚手续，而后两个人依然像得到了勇士奖一般，继续着毅然决然的姿态，回家后还用香槟干了杯。价值观不一致，虽然离婚理由栏里这样填写，然而这不是他们婚姻失败的原因，而是彼此不分胜负的证明。

最后一晚，他们花了很多的时间，进行了彬彬有礼的做爱，缓慢的，静静的，轻轻的。这不是由于即将分道扬镳而有所顾虑，而是不愿意匆忙地结束。两人都觉得这种“见外”的做爱方式很可笑，好几次都忍不住相视而笑。

“里佳，你用不着伤心，我们在法律上尽管已经离婚，但我以后还会给你写信，遇到挫折时还是会想起你的小腿，还会产生情欲的。我向你保证，有了探亲假我也不回美国，而是来日本。我们可以一起吃饭，说不定还可以上床。运气好的话，还可以去一趟香蕉鳄鱼园呢。我对你的爱情绝对不会改变。爱情的种类或许会慢慢改变，但我们不必为这种事情伤心。”

即使分开了重叠在一起的身体，睡在各自的床上之后，两个人也久久无法入睡。

表针嘀嘀嗒嗒地从他们终于获得的伤痕累累的平静上滑过。

每当包裹两人的气氛变得伤感起来，艾德就一只手拿着在香蕉鳄鱼园买的鳄鱼毛绒玩具，展示他那蹩脚的日语腹语“不伤心，不伤心”来逗里佳开心。

“里佳，说真的，我们不应该轻易地接受悲伤这样的情绪。”

絮絮叨叨地说了好几遍同样的话之后，艾德终于睡着了。但是里佳仍然不想闭上眼睛，她凝视着几个小时之前还曾经是自己丈夫的男人熟睡的脸。她连眨眼都不舍得似的凝视着他，大气也不出。由于冷气开得小，怕热的艾德鼻尖渗出了汗珠，他偶尔会猛然翻个身，有时往右边翻，有时往左边翻，最后一把掀开了薄被。艾德肩膀下面赤裸的身体露出来，里佳扑哧笑了。艾德的左手还拿着鳄鱼玩具，他应该会把它带回科索沃去吧。里佳微笑着看着他，突然对面前的诱惑感到了某种冲动，赶紧屏住了呼吸。虽然是很小、很无聊的诱惑——然而，她实在无法抗拒这个诱惑。终于，里佳做出决定，轻轻地把鳄鱼从艾德的手里抽了出来。她不想弄醒他，就像是在决一胜负一般慎之又慎。然后，她又轻轻地把自己的右手伸进艾德有了空隙的手里。她小心翼翼地，犹如用针去扎气球一般。大功告成了，两只手紧紧握在了一起。她忍不住笑了，同时，提心吊胆地去看艾德的脸，他没有被自己弄醒。也许掀开被子感觉凉快了吧，他舒服地酣睡着。艾德的体温通过五个手指传到了里佳身上，肌肤与肌肤融合为一体。里佳祈祷艾德可以这样一直熟睡到明天早晨。祈祷那可恶的风，至少今天可以放过他——

直到安睡的艾德再次睁开闭着的眼睛，里佳一直在虔诚地祈祷着。

天空渐渐泛白时，艾德睁开眼睛看见坐在身旁的里佳，吓了一大跳，然后他的目光移到了自己的左手上。里佳的右手还被他握在手里呢。

里佳有点儿不好意思，冲他调皮地微微一笑。

“你以为是鳄鱼吧？”

艾德默默地拉过里佳的手，亲吻着她的指尖，给了她迄今为止最温柔的一个吻。

“不，我知道是里佳的手。”

那一瞬间，里佳沉浸在了认识艾德以来最大的幸福之中，不禁放声痛哭起来。

翌日，艾德回到了科索沃。

十天后，在美国发生了前所未有的多起恐怖袭击。

又过了半年后，里佳收到艾德寄来的一张明信片，获知他选择阿富汗作为下一个赴任地。

“让您久等了。”

和通讯社记者的约见，里佳又迟到了五分钟。当里佳抱着大致整理后的资料来到一楼大厅时，那位记者正在翻阅杂志架上的UNHCR新闻专刊。看样子记者的年纪和里佳差不多，交换的名片上印着某著名通讯社国际部记者的头衔。对方告诉她，自己现在主要负责亚洲方面的新闻。

“听说今天你想了解有关阿富汗的问题，你已经采访过其他几个部门了吗？”

“是的，我在前方采访过联合国儿童基金会和无国界医生团。”

“前方？”

“上个月，我去了阿富汗。”

“噢……是吗？”

这样的话，就可以直入主题了。

“请吧，我已经准备好了会议室。”

联合国大厦里除了UNHCR以外，还有联合国儿童基金会和联合国开发计划署等许多联合国机构。里佳请记者一起乘坐前台旁的电梯，领着他来到联合国大学图书馆隔壁的二楼会议室。图书馆也同样是各个机构共用的空间。

在宽大的桌子一角刚一坐下，名叫寺岛的记者便再次仔细说明了采访的目的。

“看一下报纸的国际版面就会一目了然，近期国际社会关注的焦点全都集中在了伊拉克，阿富汗问题就像是‘9·11’之前那样，逐渐被人们淡忘了。然而，无法让人这么轻易忘却的问题多如牛毛。阿富汗至今没有从内战和美军攻击造成的伤痛中恢复过来，卡尔扎伊政权的基础仍然很脆弱，如果没有了以美国为首的国际社会的支持，随时都可能土崩瓦解。我打算分上、中、下三次报道当地的真实情况，所以，我很希望从支援难民的角度了解一下UNHCR对于这个问题的见解……”

里佳经常接受这一类采访。自己滔滔不绝地讲述了一小时甚至两小时关于UNHCR的活动和难民的现状，可是，看到登出来的报道却被压缩到了区区三行字时，她常常感到很沮丧。不过，里佳认为，无论多么边边角角，只要能够刊登在报纸杂志上，让人们有机会看到难民问题，就应该不厌其烦地予以介绍，就像艾德以前在东京事务所做过的那样。

但是，这次不同以往。如果可以，里佳根本不想说什么。

现在，只要听到阿富汗这个名字，里佳的整个身体依然会僵直起来，更何况要她主动来谈论这个国家的问题。“你没事吧？”里佳想起今天早晨琳达一脸不安地询问她时的表情。她调整了一下呼吸，这采访也算是恶治的一种吗？

“关于阿富汗难民的问题，援助工作目前处于中断状态，而且今后也不乐观。”

要冷静，要冷静。也许由于心里不断重复这句话的关系，里佳觉得自己的声音格外冷淡。

“从去年开始，也就是二〇〇二年三月，UNHCR正式启动了难民遣返计划，在一年的时间内，帮助一百八十万难民回到了自己的家园，这个数字远远超出了当初的预期。但是，阿富汗国外仍然有两百万难民，国内有七十万难民。长达二十年的内战、持续了五年的干旱、美军的轰炸……阿富汗背负着这些无法轻易恢复的创伤。已经开始恢复重建的市区姑且不谈，遭到地方军控制的地方治安仍然非常恶劣，因为地方军根本无视中央政权。难民纵然想返回故乡也有家难归。民族对立、地雷以及住宅重建都是相当严重的课题。阿富汗全国有百分之四十的民房遭到了战乱的破坏，许多难民回到故乡后却发现无家可住，只能哭泣着回到难民营。虽然UNHCR已经和非政府组织的JEN[1]共同合作启动了住宅重建计划，依然是杯水车薪。”

虽然寺岛用录音机录下了里佳的话，但他没有做记录，只是安静地倾听着。这是否说明他觉得这里没有第一手资料呢?

“伊拉克爆发战争，导致阿富汗正面临再度失去国际社会关注的状况，请问，对此你有什么看法？”

“失去国际社会的关注就等于失去了援助款，所以我们当然深感忧虑。联合国预估，二〇〇三年度，重建阿富汗需要一亿九千五百万美元的预算，但眼下我们只收到两千五百万美元。而且，自从伊拉克战争爆发后，地方治安明显恶化，除了资金不足外，工作人员的活动也受到了限制，有些事务所不得不暂时撤离。”

1　JEN，全称Japan Emergency NGOs，即日本非营利赈灾、救援组织。

“有人认为，地方治安恶化是美国迟迟未在地方进行ISAF[1]造成的后果，联合国现在仍然希望在地方推行吗？”

“不光是美国。英国、德国，还有法国也一样……”

为了维护喀布尔的治安而组建的ISAF国际安全协防武力并不属于UNHCR的管辖范围，但里佳仍然继续说了下去。如果ISAF能够不仅限于喀布尔，还能够协助维护地方治安的话……这一遗憾不知闪过她的脑海多少次。

“ISAF的主要加盟国一致反对扩展到地方，只有阿富汗政府和联合国事务局这么希望吧。”

“联合国秘书长再三重申在地方上推动ISAF的必要性。”

“对呀。但是，无论秘书长多么强烈主张，还是会遭到安全理事会的否决。”

“任何国家都不想把本国的军队派往危险的地区，结果导致阿富汗首都喀布尔出现了异常的战争气氛，地方则仍然处于无政府状态，迟迟未能获得重建。据说自从伊拉克战争爆发以来，阿富汗地方军和塔利班的残余势力频繁向美军和政府军发动攻击。”

“从一月到现在，已经超过了五十次。”

“针对国际机构的攻击也有所增加吧？”

---

1 ISAF，全称International Security Assistance Force，即驻阿富汗国际安全援助部队的英文缩写。

寺岛的眼睛里立刻射出锐利的目光，使里佳的心怦怦乱跳。冷静，冷静，冷静。这可是官方谈话，只需要一一陈述事实。里佳将自控计量表调到最大值后，才张开紧绷着的嘴唇。

“是的，的确很遗憾。正如你所知道的，上个月红十字会的一名瑞士籍工作人员遭到武装士兵的袭击，不幸牺牲了。”

“今年一月，UNHCR也有人牺牲吧？”

“对…… 在北部的玛泽舍利夫。”

“为了搭救一名遭到暴徒强暴的普什图族少女，一个美国男子不幸遇难。”

“塔利班政权崩溃后，在玛泽舍利夫经常发生杀害普什图族人和强暴普什图族妇女的事件。对和塔利班同一民族的普什图族人进行报复的人多极了……”

“听说，那名美国男子是为了给少女挡子弹英勇牺牲的。”

“情报错综复杂，所以，详细情况我们不太清楚，凶手也没有抓到。”

到底是哪张嘴在说话呢？里佳仿佛与己无关似的听着冰块断裂般的声音，她被寺岛的下一句话猛击一掌才清醒过来。

“其实，我听说那位美国男子的前妻就在你们东京事务所工作……”

自己太大意了，刚才就应该提防他那些可疑的诱导。她感到浑身发冷，仿佛冰冷的水滴从身体里穿过，里佳不甘心认输地瞪着寺岛的眼睛。

这个人到底知道多少情况?

知道我是那个前妻吗?

在紧张的沉默中,里佳探测般地凝视寺岛的眼睛后得出结论,他多半不知道。

“有关工作人员的隐私,我无可奉告。还有……”

总而言之,接受这个记者的采访就是一个错误。里佳一字一句地告诉寺岛:“还有,请允许我再确认一下,你这次采访的目的,不是伊拉克战争下的阿富汗难民问题吗?对国际机构的攻击之类的问题,不属于UNHCR的管辖范围。如果你想了解难民问题以外的情况,请你去其他部门采访。”

寺岛沉默不语,他没有加以否定,也没有为自己辩解。

“告辞了。”

里佳冷冷地说道,站了起来。可是,当她握住门把手准备走出会议室时,背后响起出乎意料的声音。

“我见到了那个少女。”

里佳慢慢地回过头看着寺岛。

“少女?”

“就是那个美国男子救的少女,我去见过她了。”

寺岛面无表情地说道。里佳的身体失去了重心,快要站不住了。

"为什么……"

"被救的少女是个难民，父母双亡，在她的精神创伤恢复之前，由当地的NGO负责照顾她。我认识那里的一名工作人员。上个月，我去玛泽舍利夫的时候听说了这件事，便拜托他安排让我和少女见个面，所以，我见到了她。"

说着，寺岛从皮包里找出一张照片，放在桌子上。里佳心里害怕，却无法抗拒，她迈着晃晃悠悠的步子，朝着照片走了过去。一个头上蒙着黑色面纱的骨瘦如柴的少女，脸还是天真无邪的孩子，表情却很严肃，用已经厌倦尘世的老太婆般的眼神盯着镜头。里佳的身体再度失去了重心，瘫坐在椅子上。

"她的名字叫索娃伊拉，刚满十三岁。由于营养不良，她本人比照片感觉更幼小。竟然有人想要强暴这么小的女孩子，大概是在那一带横行霸道的地方军士兵。索娃伊拉拼命想要逃跑，可是跑不动了，被男人抓住，扇她的嘴巴子，就在她快要昏过去时，那位美国男子出现了，他大声呵斥，向暴徒冲过去。索娃伊拉想趁暴徒一愣神的工夫逃走，恼羞成怒的暴徒对她举起了枪。美国男子扑倒在索娃伊拉的背上，给她挡了子弹，是名副其实的挺身而出。"

寺岛从微微发抖的里佳身上移开眼睛，注视着远方的某个点，继续说下去。他的声音也仿佛从遥远的某个点，逐渐传到了无法把目光从少女的照片上移开的里佳耳朵里。

“被倒下的联合国人员压在身子下面的索娃伊拉，在暴徒离开后也一动不动地趴着，直到被难民营的人发现。她说，因为她当时很害怕。救了她的外国人身体很宽，很温暖，让她觉得特别安心。”

“觉得安心……”

“比起活的人来，死了的人更让她感到安心。这就是她生活的世界。多亏美国男子的牺牲，在这样意外的情况下她获得了解救。然而，在阿富汗这种事太平常了。这些难民少女失去了家，失去了父母，靠着少得可怜的水和粮食，才熬过低于零下十摄氏度的寒冬。可是，横行跋扈的浑蛋还要去蹂躏她们。我只是想让人们知道阿富汗的悲惨现状，阿富汗需要人们伸出救援之手。”

寺岛好像突然想起里佳来似的，伸手拿起桌上的录音机，再次放在她的面前。

“你和牺牲者同为UNHCR的工作人员，可以请你说两句什么吗？”

同为UNHCR的工作人员——

里佳克制住涌到喉咙的激动，抬起了头。寺岛的目光中已经不再充满里佳到底是不是牺牲者的前妻的疑问，只是在问里佳承担的职务、责任以及出现在这里的理由。

不错，问题不在于艾德的生命，而是仍然暴露在危险中的难民们的生命。应该让人们知道的不是前妻的哀怨，而是身为

UNHCR工作人员敲响的警钟。可是——

“阿富汗的确需要援手。但是同为UNHCR的工作人员，我从来没有离开过东京事务所，所以无法站在和那些在前方冒着生命危险执行任务的专员相同的立场发表看法——”

里佳实在不想说下去了。她从来没有像现在这样难过，因为自己只能说一些无关痛痒的话。

“对不起，寺岛先生曾经去过前方，一定比我更了解阿富汗难民的现状和他们的诉求吧。如果需要的话，我可以为你介绍曾经在阿富汗工作过的UNHCR专员，比起没有去过前方的我来，他们的意见应该更真实、更有说服力。”

寺岛似乎很意外。

“你从来没有去过前方吗？”

“是啊，因为我是在当地录用的……”

普通职员。里佳打算用习惯的语气说下去，但她把后半句话咽了下去。不对。这并不是我没有去前方的理由，而是借口。我和出生在发达国家的大多数人一样，只是不愿意面对贫穷国家的惨况，不敢直视完全无法生长一草一木的干涸大地、难民们瘦骨嶙峋的身体、在眼前死去的无数生命，以及被狰狞的风蹂躏、吹向空中、带向远方的一切——

不知寺岛是怎么理解里佳的沉默的，他关上了录音机，放进皮包里。

“对不起，我太粗心了，不应该问有关你同事殉职的问题。”

“不是同事。”里佳脱口而出，“他是我的前夫。”

“是吗？果真是你吗？”

寺岛的眼睛里并没有露出惊讶的神色。

“我已经感觉到了。那个……很抱歉，让你这么痛苦。”

“不，多亏你告诉了我当时的详细情况。我很感谢你。”

寺岛注视着她，似乎在判断她说的是不是真话。然后，他轻声地问：“我在报道爱德华·维恩的事件时，你有什么特别要求吗？”

“你尽管写吧。只不过，不需要歌功颂德。”

“我不会歌功颂德。不过，想要转达她的一丝希望。”

“什么希望？”

“索娃伊拉告诉我，她梦想将来能够在国际机构工作。”

这句话使紧绷的弦终于断了。

里佳再也克制不了涌上心头的悲痛，她趴在桌子上失声痛哭。

再说说艾德。

好容易度过了艾德死后的第一个月，里佳先是听到周围人建议她“先休息一段时间吧”，之后变成了“休养一下”。她在不觉空虚落寞时突然想到一件事，便立刻全身心投入了进来，就是为艾德制作备忘录。

在整天以泪洗面的这些日子里，我是不是每时每刻都在一点点淡忘有关艾德的点点滴滴呢？这样的恐惧使她坐立不安起来。而且，她觉得会从琐碎的、简单的、可爱的事开始淡忘。于是，她犹如用镊子夹起来般细心捡起记忆的种子。

艾德喜欢吃梅酒里的梅子。

艾德哼歌很难听。

艾德最讨厌拉斯维加斯。

艾德讨厌厕所里的芳香剂仅次于拉斯维加斯。

艾德很会做松饼。

艾德偏爱两栖类动物。

艾德只叫得出玫瑰和郁金香这两种花的名字。

艾德怕烫。

艾德有两个发旋儿。

艾德是让人停止打嗝儿的达人。

艾德爱出汗。

艾德更爱听交响乐，而非轻音乐。

艾德对天气预报很拿手。

艾德有约翰·列侬的亲笔签名。

艾德吃豆腐时会添加番茄酱。

艾德一个鼻孔一个鼻孔地擤鼻子。

艾德不穿花格衣服。

艾德的手指很灵巧。

艾德能从虫鸣声猜出是什么昆虫。

艾德有两颗假牙。

艾德管鳄鱼玩具叫“我的小亲亲”。

艾德——

艾德——

艾德——

尽量不漏掉任何琐碎之事。搜寻记忆的过程中里佳突然发现，自己对艾德的了解有一段巨大的空白。这份备忘录中缺少艾德进入UNHCR以前的经历。

“我父母都是吃饭从来不吃光的人。我从小到大都和他们不对付，由于他们强烈反对我进入UNHCR工作，我们便断绝了关系。别说我和你结婚了，就连我和前妻结婚的事他们也根本不知道。”

巧妙地回避谈论自己家庭的艾德，不经意间向里佳流露过的“回忆”只有这些。

不管怎么说也一起过了七年，竟然不知道曾经当过自己丈夫的男人的过去……

几天后，里佳联系到了同样在联合国大厦七楼工作的世界粮食计划署专员提尔，约他在附近一起吃午餐。提尔是艾德的朋友，里佳也曾经和他们一起在下班后喝过酒。里佳记得他是艾德的同乡，或许他知道一些她所不知道的艾德。

然而，和里佳一样，提尔当时仍然沉浸在艾德去世的悲伤中。他表情黯淡，十分抱歉地说："对不起，我们虽说是同乡，但只是同样来自得州，我不可能了解艾德的过去。得州很大，而且，艾德从来不谈自己的过去。"

"只字不提吗？艾德从来不曾对你说过任何往事吗？"

"只有一件事……那天晚上，我们俩的心情都糟透了，只有那一次，艾德提起过他小时候的事，就好像要把吃的什么不好的东西全都吐出来似的。"

"请你告诉我，艾德都说了什么。"

"当时，我听了他的诉说后就想，早知道这样不听就好了。我相信，你也会有同感。"

"我不会这么想。"

"里佳……"

"我怎么会有这种想法？"

当天晚上，里佳立刻用颤抖的笔把提尔说的那番话记录在了备忘录上。

提尔屈服于艾德前妻的催促，以更忧伤的表情讲述的内容如下：

艾德出生在得克萨斯州的富裕家庭。

艾德是独生子。

艾德的父母拥有一大片农田和牧场，他们整天忙于管理和投资以及和当地的达官显贵交际应酬。从艾德懂事起，照顾陪伴他的就只有女佣们。

即便这样，特权意识浓厚的父母还禁止女佣们和艾德之间有亲密的身体接触，严格指导艾德任何时候都要与她们保持一定的距离。

这就是说——

艾德是在没有感受过任何人温暖怀抱的情况下长大成人的。

“该去参加晚餐会了。”琳达派千鹤来催促里佳时刚过五点半。

琳达很少在七点以前安排晚餐。寺岛走后里佳在洗手间里待了十分钟，调整了自己的心情，然后，她一直在秘书室内阅读与阿富汗有关的资料。这次绝对不能再迟到，她这么想着飞快地跑出了房间。

去琳达办公室的途中，经过资料管理室时，平时总是有几个职员在加班的大房间里，今天竟然一个人也没有，显得格外寂静。这可太稀罕了。里佳不由自主地停下了脚步。“里佳姐，快点儿走吧。”千鹤催促着，“据说今天的聚会不许迟到的。”

里佳不敢说出自己忘了今天是什么晚餐会。在联合国大厦前，她和琳达一起搭上了计程车，似乎刻意打扮过的千鹤也一同前往。进入UNHCR才半年的千鹤性格开朗，有股子什么都不怵的劲头，但毕竟还是新人，琳达应该不会带她去参加重要的宴会。里佳隐约记得琳达今天早上说这是一个重要的聚会……

"去代代木。"

也许是顾虑到琳达的硕大身体，主动坐在副驾驶座上的千鹤对司机说道。出租车开动了。反正到了目的地就知道是什么聚餐了。里佳放弃了思考。这时，和她并排坐在后座的琳达，慢悠悠地开了口。

"里佳，下午的采访还顺利吗？"

她大概是对于让里佳负责接受有关阿富汗的采访有些担心。

"还好，我尽力而为……不过，我还是没有能够很好地控制自己的感情。"

"是吗？看来对你而言还太早了。"

"不，不是这样……"

虽然也可以埋藏在心里，但里佳想说出来。就和办公室里所有的门都敞着一样，在UNHCR内，没有什么事是不能公开的。

"今天来采访的通讯社记者知道艾德救的那个少女。"

"啊？"

"上个月，他去玛泽舍利夫见了那个少女……索娃伊拉。"

车里出现了长时间的沉默，就连听不懂英语的司机也心神不宁地给收音机换了台。里佳自己打破沉默，提高声调说：“我没事，能够听到他给我讲述这些事情真是幸运。因为说了我一直不知道的事……艾德最后是怎么死的。那是我最想知道的事。”

“最想知道的事？”

“我一直很想知道，艾德死去的时候心里在想什么，是感到寂寞，还是害怕，或者懊悔……艾德曾经向我保证，遇到困难时会想起我的小腿。不过，我很难想象，临近死亡之时他还会有情欲。”

“啊，在情欲中慢慢咽气，不是很美好吗？”

见里佳正尝试着摆脱伤感的情绪，琳达也微笑着说。

“我也这么想。不过，很遗憾，我的小腿似乎没有出场的机会。艾德为了保护索娃伊拉，扑倒在她的身上，自己却中了弹。他倒下的时候，把小女孩压在了身子底下。虽然知道艾德已经死了，但索娃伊拉仍然在他的身体下面躲藏了很长时间。因为，她觉得艾德的身体很宽阔，很温暖，让她很安心。所以……”

“所以？”

“所以，艾德也一定是感受着她的……感受着人的体温死去的。”

琳达瞪大眼睛，也不眨眼，像是仰望星空般仰起了头。然后，她轻轻吸了吸鼻子说道：“比情欲更美好。”

“同感。”

“我们在这里下车。”计程车行驶到代代木公园附近的一个街角时，千鹤对司机说道。下了出租车，里佳发现平时很寂静的这条街，现在充满了非同一般的活力。在半明半暗之间的暮色中，人们三五成群地走着。由于这一带没有店面，这番热闹景象显得不大协调。里佳吃惊地跟着琳达往前走，一走进公园，她立刻知道是怎么回事了。

是樱花。为了饱览昙花一现般花期短暂的樱花，赏花客蜂拥而至，有全家老小一起来的，也有情侣、公司的同事、大学团体等——在每棵树下围成一圈，摆满了酒菜，四处欢声笑语，人们正在尽情地享受着饮酒赏花的乐趣。

“琳达，这边。”

从一棵树下传来一个熟悉的喊声，里佳赶紧朝那边一看，忍不住发出啊的一声。刚才还在同一个办公室内的UNHCR的职员们都已到齐，围坐在一棵粗大的樱花树下，地上已经摆好了丰盛的宴席，啤酒、葡萄酒和各种熟食摆得满满当当。

“琳达，这就是你说的重要聚餐吧……”

琳达对恍然大悟的里佳调皮地一笑，旁边的千鹤用日语小声说：“琳达小姐为了和大家一起给你打气，早在樱花还没开的时候就开始计划这场惊喜派对了。”

里佳眯起眼睛，望着琳达若无其事的侧脸，然后，她将目光转向在树下向她招手的同事们。似乎大家已经有些醉意了，所有人的表情都比在办公室里时更加灿烂，也更加温柔。不只是他们，在这片以其色香覆盖大地的白浪般的樱花树下，每一个人都显得非常满足而闲适。

啊，真好，这个国家是和平的。和平痴呆[1]万岁，这是我的愿望，里佳突然感到一阵激动。和平是那么美丽，无论痴呆与否都是那么美好。祈祷这美丽、这美好永远持续下去。祈祷他们铺在树下的塑料布可以牢牢地留在大地上，不会被狂风吹走——

里佳发自内心这样祈祷着。

然后，她扭头对琳达说："琳达，让我去阿富汗吧。"

---

1 和平痴呆在日本专门用来指责那些在国际纷争和外交问题上，提出一些偏离现实的理想论的和平主义者和理想主义者。

读客®

读客激发个人成长

多年以来，千千万万有经验的读者，都会定期查看熊猫君家的最新书目，挑选满足自己成长需求的新书。

读客图书以“激发个人成长”为使命，在以下三个方面为您精选优质图书：

1. 精神成长

熊猫君家精彩绝伦的小说文库和人文类图书，帮助你成为永远充满梦想、勇气和爱的人！

2. 知识结构成长

熊猫君家的历史类、社科类图书，帮助你了解从宇宙诞生、文明演变直至今日世界之形成的方方面面。

3. 工作技能成长

熊猫君家的经管类、家教类图书，指引你更好地工作、更有效率地生活，减少人生中的烦恼。

每一本读客图书都轻松好读，精彩绝伦，充满无穷阅读乐趣！

图书在版编目（CIP）数据

随风飘舞的塑料布 /（日）森绘都著；竺家荣译
. -- 上海：上海文艺出版社，2019.1
（读客外国小说文库）
ISBN 978-7-5321-6857-6

Ⅰ.①随… Ⅱ.①森… ②竺… Ⅲ.①短篇小说—小说集—日本—现代 Ⅳ.① I313.45

中国版本图书馆 CIP 数据核字（2018）第 223573 号

责任编辑：毛静彦
特邀编辑：许明珠　姚红成
封面设计：苏　哲

随风飘舞的塑料布
［日］森绘都　著
竺家荣　译
上海文艺出版社出版、发行
地址：上海绍兴路7号
电子信箱：cslcm@publicl.sta.net.cn
网址：www.slcm.com
新華書店经销　三河市吉祥印务有限公司印刷
开本 890毫米×1270毫米　1/32　10印张　字数 182千字
2019年1月第1版　2019年1月第1次印刷
ISBN 978-7-5321-6857-6/I.5469
定价：45.00元